絶望鬼ごっこ

鬼だらけの地獄小学校

針とら・作
みもり・絵

集英社みらい文庫

桜《さくら》ケ《が》島《じま》小《しょう》学《がっ》校《こう》の生《せい》徒《と》たち

6年《ねん》2組《くみ》

宮原《みやはら》 葵《あおい》

学年一《がくねんいち》の秀才《しゅうさい》でしっかり者《もの》。おせっかいでおてんばだが、密《ひそ》かに男子《だんし》から人気《にんき》。

大場《おおば》大翔《ひろと》

正義感《せいぎかん》が強《つよ》く、友達想《ともだちおも》い。ふだんは母親《ははおや》と妹《いもうと》と3人《にん》で暮《く》らしている。

桜井《さくらい》 悠《ゆう》

大翔《ひろと》の幼《おさな》なじみで親友《しんゆう》。小《こ》柄《がら》でマイペース。運動《うんどう》は苦《にが》手《て》だけど、ゲームは得意《とくい》。

6年《ねん》1組《くみ》
杉下先生《すぎしたせんせい》
桜ヶ島小《さくらがじましょう》に転任《てんにん》してきた教師《きょうし》。生徒《せいと》たちから「スギやん」の愛称《あいしょう》で親《した》しまれる人気《にんき》もの。しかし、その本性《ほんしょう》は……。
伊藤孝司《いとうこうじ》
読書好《どくしょず》きでふだんはおとなしい性格《せいかく》だが、やるときはやる男子《だんし》。和也《かずや》と仲《なか》よし。
関本和也《せきもとかずや》
クラスのムードメーカー。お調子者《ちょうしもの》でハメをはずしてよく怒《おこ》られる。孝司《こうじ》と仲《なか》よし。
金谷章吾《かなやしょうご》
学年一運動神経《がくねんいちうんどうしんけい》がよく、頭《あたま》もいい。大人《おとな》びていて、いつもクールにまわりを見《み》ている。

前回《ぜんかい》までのあらすじ

よう！　ガキんちょども！
はじめて読《よ》んだり、どんな話《はなし》か忘《わす》れたおまえらのために、
オレ様《さま》が**前回《ぜんかい》までのあらすじ**を説明《せつめい》してやるぜ！

みんなに人気《にんき》の**杉下先生《すぎしたせんせい》**っていう先生《せんせい》が
いるんだけど、コイツがじつは**鬼《おに》**ってわけよ。

しかも**人間《にんげん》を操《あやつ》る術《じゅつ》**を使《つか》って、
小学校《しょうがっこう》で暗躍中《あんやくちゅう》なのだ！

キャキャキャキャキャ

校外学習《こうがいがくしゅう》でいった遊園地《ゆうえんち》で、
大翔《ひろと》たちに**正体《しょうたい》を見破《みやぶ》られちまった杉下先生《すぎしたせんせい》。**

まだなにか**たくらんでる**
らしいけど……。

キャキャキャキャキャ

子供《こども》たちを捕《つか》まえたら
分《わ》け前《まえ》くれるって約束《やくそく》、
忘《わす》れんじゃないぜ～!?

キャキャキャキャキャ

『鬼《おに》120匹《ひき》 vs《バーサス》 子《こ》4人《にん》』

ルール説明《せつめい》

ルール① 子《こ》供《ども》は、鬼《おに》から逃《に》げなければならない。

ルール② 鬼《おに》は、子《こ》供《ども》を捕《つか》まえなければならない。

ルール③ きめられた範《はん》囲《い》を越《こ》えて、逃《に》げてはならない。

ルール④ 時《じ》間《かん》制《せい》限《げん》はない。子《こ》供《ども》が勝《か》つか鬼《おに》が勝《か》つまで、ゲームは終《お》わらない。

ルール⑤ 子《こ》供《ども》は、黒《くろ》鬼《おに》をやっつければ勝《か》ち。

ルール⑥ 黒《くろ》鬼《おに》は、子《こ》供《ども》を全《ぜん》員《いん》喰《く》いつくせば勝《か》ち。

鬼《おに》に捕《つか》まった子《こ》供《ども》は、

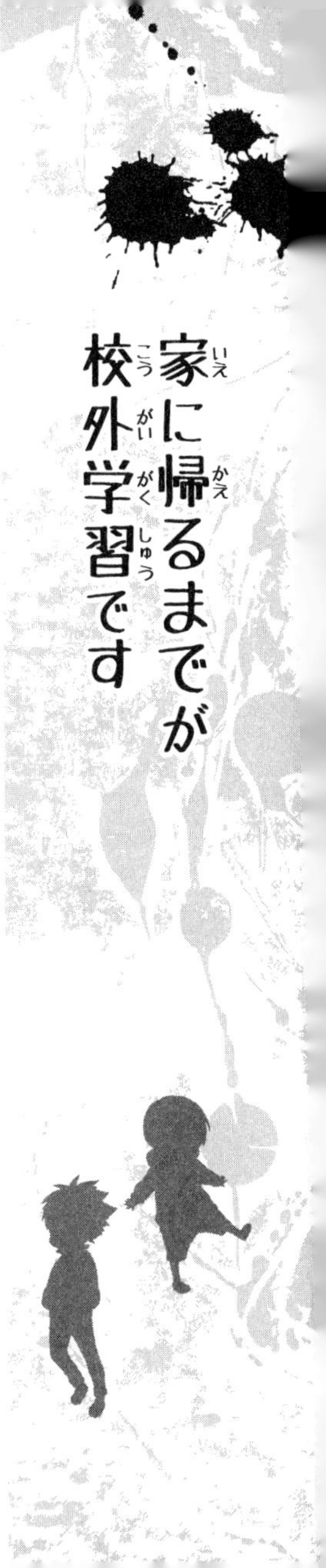

家《いえ》に帰《かえ》るまでが校《こう》外《がい》学《がく》習《しゅう》です

「よく、ぐーすか眠《ねむ》ってられるわね、この2人《ふたり》は……」

夕暮《ゆうぐ》れに染《そ》まりはじめた高速道路《こうそくどうろ》の上《うえ》を、バスが走《はし》っている。

ならんで走《はし》る数台《すうだい》のバスの、前《まえ》から2台《だい》め。6年《ねん》2組《くみ》の車両《しゃりょう》のなか。

宮原葵《みやはらあおい》は、うしろの座席《ざせき》をふりかえり、あきれた顔《かお》をして、幼《おさな》なじみの少年《しょうねん》たちを見《み》つめていた。

校外学習《こうがいがくしゅう》の帰《かえ》りだった。

遊園地《ゆうえんち》でたっぷり遊《あそ》びまわった子供《こども》たちを乗《の》せて、バスは家路《いえじ》をいそいでいる。

大場大翔《おおばひろと》は、ぐっすりと眠《ねむ》りこけていた。座席《ざせき》にもたれ、足《あし》を投《な》げだし、大口《おおぐち》をひらいて、気持《きも》ちよさそうにいびきをかいている。

桜井悠《さくらいゆう》も、そのとなりの席《せき》で寝息《ねいき》を立《た》てていた。カバンを抱《だ》きまくらのようにかかえて、なかば座席《ざせき》からずりおちかけているけど完全《かんぜん》にはおちない、器用《きよう》なバランスで眠《ねむ》っている。

2人《ふたり》とも完全《かんぜん》に無防備《むぼうび》だ。

とてもさっきまで、〝鬼《おに》〟とやりあっていたようには見《み》えない。

「あんな目《め》にあったっていうのに、気持《きも》ちよさそうに眠《ねむ》っちゃって。男《おとこ》の子《こ》って、神経図《しんけいず》太《ぶと》くていいわよね」

葵《あおい》はため息《いき》を吐《つ》いて、座席《ざせき》に座《すわ》りなおした。

カバンから、鉛筆《えんぴつ》と算数《さんすう》ドリルをとりだした。校外学習《こうがいがくしゅう》だろうと運動会《うんどうかい》だろうと、葵《あおい》のカバンにはつねに勉強道具《べんきょうどうぐ》がつまっているのだ。無心《むしん》で答《こた》えを埋《う》めはじめる。

「あたしなんか、なにか計算《けいさん》してないと、とても平気《へいき》じゃいられないくらい、怖《こわ》かったっていうのに……」

流《なが》れるようにせっせと答《こた》えを書《か》きこみ、あっという間《ま》に数日分《すうじつぶん》を終《お》えた。

こんどは漢字《かんじ》ドリルをとりだした。

きれいな筆跡《ひっせき》で、漢字《かんじ》を書《か》きとっていく。

「漢字《かんじ》でも書《か》いてないとしかたがないくらい、怖《こわ》くてたまらなかったのに……」

あっという間《ま》にこれも終《お》えた。

社会《しゃかい》の地図帳《ちずちょう》をひっぱりだす。理科《りか》の実験《じっけん》ノートもひっぱりだす。英単語帳《えいたんごちょう》。辞典《じてん》。

座席《ざせき》の折《お》りたたみ台《だい》の上《うえ》に、勉強道具《べんきょうどうぐ》がデンッと積《つ》まれた。

葵《あおい》はため息《いき》を吐《つ》いて、ノートをひらくと、1人勉強大会《ひとりべんきょうたいかい》をはじめた。

「女《おんな》の子《こ》って、やっぱり繊細《せんさい》なのね。男《おとこ》の子《こ》とはちがって……」

一番神経《いちばんしんけい》が図太《ずぶと》かった女《おんな》の子《こ》は、しみじみとそうつぶやいた。

＊

その前《まえ》の車両《しゃりょう》。6年《ねん》1組《くみ》のバスのなか。

金谷章吾《かなやしょうご》は、あきれた顔《かお》でうしろの座席《ざせき》を見《み》やっていた。

「おまえらに緊張感《きんちょうかん》というものはないのか……」

「だってさあ！　結局《けっきょく》、ぜんぜん遊《あそ》べなかったじゃんか！」

トランプを扇《おうぎ》のようにかまえて、関本和也《せきもとかずや》がぶうたれる。

「せっかくの遊園地《ゆうえんち》だったのに、僕《ぼく》ら、捕《つか》まってて終《お》わっちゃったもんね」

和也《かずや》のカードをひきながら、伊藤孝司《いとうこうじ》がこたえた。

どうやらババ抜《ぬ》きをやっているらしい。２人《ふたり》でやってなにがおもしろいのかはわからないが。

(鬼《おに》におそわれたことより、遊園地《ゆうえんち》で遊《あそ》べなかったことのほうが重要《じゅうよう》なのか、こいつらは……）

章吾《しょうご》はため息《いき》を吐《つ》いた。

ふと、窓《まど》のむこうをながめると、外《そと》はもう夕暮《ゆうぐ》れになっていた。

本当《ほんとう》なら、もう学校《がっこう》に帰《かえ》り着《つ》いている時間《じかん》だ。

先生《せんせい》の1人《ひとり》の行方《ゆくえ》がわからなくなり、大人《おとな》たちがさがしていたので、バスが遊園地《ゆうえんち》をでるのが、かなりおくれてしまったのだ。

いなくなったのは、高学年《こうがくねん》の男子《だんし》体育《たいいく》担当《たんとう》、杉下先生《すぎしたせんせい》。

……その正体《しょうたい》が鬼《おに》であることを、知《し》っているのは章吾《しょうご》たちだけだった。

「対策《たいさく》、話《はな》しあわなくていいのか？　あいつ、どうでてくるか、わかったもんじゃねえぞ」

章吾《しょうご》がいうと、和也《かずや》と孝司《こうじ》は、えー、と唇《くちびる》をとがらせてぶうたれた。

「いなくなっちまったんだから、こんどでよくねぇ？」

「そうそう。今日《きょう》の今日《きょう》でまたおそってきたり、さすがにしないだろうしね」

「章吾《しょうご》はほんっと、まじめなんだよなあ。そんなんだと、ハゲるんだぜー？」

「金谷《かなや》くんをハゲさせないようにしなきゃ。トランプ、一緒《いっしょ》にしようよー」

（……俺《おれ》が心配性《しんぱいしょう》なだけなのか……？）

章吾《しょうご》はまたため息《いき》を吐《つ》いた。和也《かずや》と孝司《こうじ》が章吾《しょうご》の顔《かお》に、ひろげたトランプを押《お》しつけてくる。うぜえ。

まったくもう。

こいつらといると、こいつらがバカなだけなのか、自分《じぶん》が考《かんが》えすぎなだけなのか、わからなくなってくる。

（……でも、たしかに、一理《いちり》あるのかもしれねえな……）

窓《まど》の外《そと》を見《み》つめながら、章吾《しょうご》は考《かん》えなおした。

自分《じぶん》も今日《きょう》は、鬼《おに》と戦《たたか》ってつかれている。判断力《はんだんりょく》がにぶっているかもしれない。

判断力《はんだんりょく》のにぶった頭《あたま》で対策《たいさく》をねったところで、いい案《あん》はうかばないだろう。

今日《きょう》はこのままなにも考《かん》えず、明日《あした》じっくり話《はな》しあう。それが正解《せいかい》な気《き》もしてきた。

……べつにハゲを気《き》にしたわけじゃねぇからな？

（ま、たまにはこいつらのいうことを信《しん》じてみるか）

章吾《しょうご》はトランプをひいた。

「いきなりジョ〜カ〜」と、和也《かずや》と孝司《こうじ》が騒《さわ》ぐ。

……やっぱりのんきにトランプなんかしている場合《ばあい》じゃなかったと、章吾《しょうご》が気《き》づくのはもう少《すこ》しあとのこと。

自分《じぶん》で気《き》づいていたとおり、章吾《しょうご》はそのとき、判断力《はんだんりょく》がにぶっていたのかもしれない。

JOKER

＊

「みなさん、今日《きょう》は楽《たの》しかったですか？　すてきな思《おも》い出《で》は、いっぱいできましたか？」

それぞれのバスのなか、バスガイドさんはにこにこした顔《かお》で、帰《かえ》りのあいさつをしゃべっていた。

「バスはこれから桜《さくら》ヶ《が》島小学校《じましょうがっこう》にもどります。校外学習《こうがいがくしゅう》も終《お》わり、あとはおうちに帰《かえ》るだけ。おうちに帰《かえ》ったら、お父《とう》さんお母《かあ》さんに、今日《きょう》の楽《たの》しかった思《おも》い出《で》、たくさん話《はな》してあげてくださいね」

つかれて眠《ねむ》る子《こ》。はしゃいで遊《あそ》ぶ子《こ》。黙々《もくもく》と勉強《べんきょう》する子《こ》。

子供《こども》たちはバスのなかで思《おも》い思《おも》いのすごしかたをしていて、だれも話《はなし》を聞《き》いていない。

そんななか、バスガイドさんは笑顔《えがお》を絶《た》やさず、ニコニコと笑《わら》ってしゃべりつづける。

「ただし、一《ひと》つ、注意点《ちゅういてん》があります。それは、『家《いえ》に帰《かえ》るまでが校外学習《こうがいがくしゅう》だ』ということです」

バスガイドさんはつづけた。

「家《いえ》に帰《かえ》り着《つ》くまでは、なにが起《お》こるかわかりません。事件《じけん》や事故《じこ》に巻《ま》きこまれたら、せっかくの1日《にち》も台無《だいな》しになってしまいます。気《き》をひきしめてください。油断《ゆだん》しないでください。わずかな油断《ゆだん》が命《いのち》とりになります。それが校外学習《こうがいがくしゅう》です」

子供《こども》たちは、だれも気《き》づかなかった。

しゃべるバスガイドさんの目《め》の奥《おく》が、底《そこ》なしの穴《あな》のように真《ま》っ暗《くら》に、うつろになっていることに。

バスガイドさんの声《こえ》がわれ、のどの奥《おく》からヒュウヒュウと、不気味《ぶきみ》な息《いき》づかいがもれていることに。

「それでは今日《きょう》のガイドを終了《しゅうりょう》します。無事《ぶじ》に家《いえ》に帰《かえ》れるとイイデスネ。……クケケッ」

1 暗闇《くらやみ》の小学校《しょうがっこう》

1

『残念《ざんねん》。先生《せんせい》、ホント、残念《ざんねん》ダワ……。大切《たいせつ》ナ生徒《せいと》ナノニ……』

ぐっすりと眠《ねむ》りこけていた大場大翔《おおばひろと》は、ようやく目《め》を覚《さ》ました。

目《め》を覚《さ》ます直前《ちょくぜん》まで、夢《ゆめ》を見《み》ていた。巨大《きょだい》な化《ば》け物《もの》と戦《たたか》っている夢《ゆめ》だ。化《ば》け物《もの》は、この前《まえ》遊《あそ》んだゲームにでてきたボスキャラそっくりで、なにをやってもダメージを与《あた》えられない。

強《つよ》すぎる。勝《か》てねえよ。弱点《じゃくてん》はどこなんだ？　こういうボスキャラには、たいてい弱点《じゃくてん》があるものなのに。何度《なんど》もゲームオーバーになり、ゲーム機《き》をほうりだしたところで目《め》が覚《さ》めた。

ぱちぱちとまばたきをして、まわりを見《み》まわす。

バスのなかだった。

がらんとした座席《ざせき》がならんでいる。

大翔《ひろと》は通路側《つうろがわ》の席《せき》に座《すわ》りこんでいるようだった。

（……おれ、なにしてたんだっけ？）

すぐに思《おも》いだした。

今日《きょう》は、校外学習《こうがいがくしゅう》の日《ひ》だった。桜ヶ島小《さくらがじましょう》の6年生《ねんせい》みんなで、遊園地《ゆうえんち》にいっていたんだった。

その帰《かえ》りのバスのなかで、大翔《ひろと》はぐっすり眠《ねむ》りこけてしまったらしい。

バスは停車《ていしゃ》しているようだった。

車内《しゃない》はしん……としずまりかえっている。

(サービスエリアかなんかに、停《と》まっているのかな?)

でも、それにしては、なんだか様子《ようす》がおかしかった。

窓《まど》の外《そと》が真《ま》っ暗《くら》なのだ。お店《みせ》の明《あ》かりもなければ、ほかの車《くるま》のライトも見《み》えない。

それに、クラスメイトたちの姿《すがた》が見《み》あたらない。車内《しゃない》には、6年《ねん》2組《くみ》の生徒《せいと》30人《にん》、担任《たんにん》の三好先生《みよしせんせい》、バスの運転手《うんてんしゅ》さん、ガイドさんもいたはずだ。

いま、車内《しゃない》はがらんとしている。

みんな、どこにいったんだろう?

いるのは、となりの座席《ざせき》に座《すわ》った桜井悠《さくらいゆう》だけだった。

カバンを抱《だ》きまくらのようにかかえて、座席《ざせき》から完全《かんぜん》に床《ゆか》におち、くうくうと寝息《ねいき》を立《た》てている。

「おい、悠《ゆう》…………っ」

呼《よ》びかけようとして。

大翔《ひろと》はようやく、自分《じぶん》の体《からだ》の状態《じょうたい》に気《き》づいた。

シートベルトが体《からだ》に巻《ま》きついている。……うんときつく。

縛《しば》りつけられているのだ。シートベルトが、大翔《ひろと》の両腕《りょううで》ごと腰《こし》にぎゅうぎゅうと巻《ま》きつき、体《からだ》を座席《ざせき》に固定《こてい》していた。

まるで身動《みうご》きがとれない。

「な、なんだ……？」

『**ホント、残念《ざんねん》……。先生《せんせい》、2人《ふたり》ノコト好《す》キダッタノニ。大事《だいじ》ナ生徒《せいと》ダッタノニ……**』

聞《き》き覚《おぼ》えのある声《こえ》に、大翔《ひろと》はハッとして顔《かお》をあげた。

バスの運転席《うんてんせき》のところに、人影《ひとかげ》があった。担任《たんにん》の三好先生《みよしせんせい》だ。

運転席《うんてんせき》の下《した》に屈《かが》みこみ、なにやらごそごそやっている。

なにしてるんだろう？

——ブルルルルッ

と、いきなりバスがゆれた。

エンジンがかかったのだ。

『オヤスミナサイ、大場《おおば》クン、桜井《さくらい》クン。ドウカ安《やす》ラカニ眠《ねむ》ッテネ。……クケケッ』

「先生《せんせい》！」

バスをでていこうとする先生《せんせい》に、大翔《ひろと》は呼《よ》びかけた。

「もう十分《じゅうぶん》眠《ねむ》ったよ。これ、といてくれよ！」

聞《き》こえなかったのか、三好《みよし》先生《せんせい》はそのままバスをおりていった。

――ガタン

音《おと》を立《た》てて、ドアが閉《し》まった。

バスのエンジン音《おん》が、低《ひく》く鳴《な》りひびいている。

「……くそう。なんなんだよ……」

窓《まど》のむこうをよく見《み》ると、闇《やみ》のなかにぼんやりうかびあがっているのは、桜《さくら》ヶ島《がじま》小《しょう》の校《こう》庭《てい》だった。とすると、バスはもう学校《がっこう》へ帰《かえ》り着《つ》いているらしい。

みんな、どこにいったんだ？

おれたちが寝《ね》てるあいだに、先《さき》に帰《かえ》っちゃったのか？

――と。

窓《まど》のむこうの景色《けしき》が、そろそろとうしろへ流《なが》れはじめた。

（……あれ？　なんでだ？）

大翔《ひろと》は首《くび》をかしげて運転席《うんてんせき》を見《み》やったが、だれもいない。

フロントガラスのむこうにひろがった校庭《こうてい》。

バスはゆっくりと、校庭《こうてい》を進《すす》みはじめる。

「お、おい……。どういうことだよ……」

大翔《ひろと》は口《くち》もとをひきつらせた。悠《ゆう》がむにゃむにゃと幸《しあわ》せそうに寝言《ねごと》をもらす。

バスはドライバーもいないのに、まっすぐに校庭《こうてい》を突《つ》っきっていく。

その先《さき》にあるのは、プールのコンクリ塀《べい》だった。塀《へい》は硬《かた》い。バスの車体《しゃたい》とどっちが硬《かた》いかは知《し》らない。

「じょ、冗談《じょうだん》じゃねぇぞ……」

青《あお》くなって立《た》ちあがろうとするが、シートベルトに遮《さえぎ》られる。

「くそおっ……！」

だめだ。まるで身動《みうご》きがとれない。がっちりと押《お》さえこまれている。

窓《まど》のむこうを流《なが》れる景色《けしき》が、だんだん速《はや》くなってきた。大翔《ひろと》はさけんだ。

「おい！　起《お》きろ、悠《ゆう》っ！　起《お》きるんだ！」

「…………ふえ？　もう、朝《あさ》？」

寝息《ねいき》を立《た》てていた悠《ゆう》が、むにゃむにゃと顔《かお》をあげた。眠《ねむ》たげに目《め》もとをこすって、大翔《ひろと》を見《み》あげる。

もうちょっと寝《ね》かせてよお母《かあ》さん……と、また目《め》を閉《と》じて眠《ねむ》りはじめた。

「悠《ゆう》！　ゲームだ！」

起《お》きがけの悠《ゆう》になにをいってもムダだ。耳《みみ》にはいるのは、ゲームのことくらい。

「ゲームやろうぜ！　レーシングゲーム！」

「…………ふえ？　レーシングゲーム？」

悠《ゆう》がまたむにゃむにゃと顔《かお》をあげる。

「……どんなやつ？」

「暴走《ぼうそう》するバスを運転《うんてん》して停《と》めるゲームだよ！」

バスのスピードが、どんどんとあがってきた。コンクリの壁《かべ》が、みるみる近《ちか》づいてくる。

「追突《ついとつ》したらゲームオーバーだ！　運転席《うんてんせき》に着《つ》け、悠《ゆう》！」

「楽《たの》しそうだねえ……。レーシングゲームには、ちょっとうるさいんだよ、ぼく……」

悠《ゆう》は、ふふーんと笑《わら》って起《お》きあがった。ぼんやり車内《しゃない》を見《み》まわすと、ふらふらと運転席《うんてんせき》のほうへむかっていく。

「ハンドルを操作《そうさ》すんだ！　できるか、悠《ゆう》！」

「いいね、本格的《ほんかくてき》だねぇ」

「ゲーセンとかでやったことあるよな、レーシングゲームの操作《そうさ》！　あれとだいたい同《おな》じだから！」

「まかせてよう」

ものすごくテキトーなことといってのけた大翔《ひろと》に、口笛《くちぶえ》を吹《ふ》きながらのんびりとうなずく悠《ゆう》。

「さあ……いくよう」

うれしそうにハンドルをにぎりしめ、ぐるるるっ——と、一息《ひといき》に回転《かいてん》させた。

かなりの速度《そくど》に達《たっ》していたバスの車体《しゃたい》が、かしいだ。

「ドッリフト〜」

ブレーキペダルを踏《ふ》みこんだ。同時《どうじ》にサイドブレーキ。

バスは土煙《つちけむり》をあげながら旋回《せんかい》した。車体《しゃたい》を壁《かべ》にぶつけるギリギリのところで、ほとんど直角《ちょっかく》に方向《ほうこう》を変《か》えた。大翔《ひろと》はわあっと悲鳴《ひめい》をあげた。悠《ゆう》は楽《たの》しそうに鼻歌《はなうた》を歌《うた》っている。

そのままなめらかに走《はし》ると、スピードをおとし、停車《ていしゃ》した。校舎《こうしゃ》の真横《まよこ》の駐車《ちゅうしゃ》スペースに、きれいに収《おさ》める。

サイドブレーキを完全《かんぜん》にひくと、悠《ゆう》は、ふう、と息《いき》を吐《つ》いて大翔《ひろと》をふりかえった。

得意《とくい》そうに、ぐっ、と親指《おやゆび》を立《た》ててみせる。

「どう？　ヒロト。マリオカートできたえたぼくのドリフトテクは。レーシングゲームは、コーナリングが命《いのち》なんだ」

それから不思議《ふしぎ》そうに首《くび》をかしげて、あたりを見《み》まわした。

「……ところで、これ、なんてゲーム？　そもそも、ここ、どこだっけ？　ぼく、なにしてたんだっけ？」

「……悠《ゆう》。とりあえず、これ、ほどいてくれ」

大翔《ひろと》はため息《いき》交《ま》じりにいった。

2

「……だって、まさか、本物《ほんもの》のバスとは思《おも》わないじゃないか……」

ようやくきちんと目《め》が覚《さ》めると、悠《ゆう》はいまさらビビったらしく、青《あお》い顔《かお》してがたがたふるえはじめた。さっきのクソ度胸《どきょう》はどこいったんだよ。

座席《ざせき》から解放《かいほう》され、大翔《ひろと》は運転席《うんてんせき》を調《しら》べた。足《あし》もとをのぞきこんでみると、アクセルペダルが棒《ぼう》とテープで固定《こてい》されていた。

2人《ふたり》はバスをおりた。

外《そと》は真《ま》っ暗《くら》だった。

空《そら》にはどんよりと重《おも》たい雲《くも》が垂《た》れこめ、月明《つきあ》かり一《ひと》つ見《み》えない。そびえたフェンスむこうの道路《どうろ》を、ほんのときおり、車《くるま》がとおりかかっていく音《おと》が聞《き》こえる。

暗闇《くらやみ》にぼうっとうかびあがった校舎《こうしゃ》の建物《たてもの》が、2人《ふたり》を見《み》おろしている。どの窓《まど》も真《ま》っ暗《くら》だ。まるで巨大《きょだい》な墓石《はかいし》みたいに見《み》えた。

強《つよ》く吹《ふ》きつける風《かぜ》が、木々《きぎ》をざわざわとゆらしている。

校外学習《こうがいがくしゅう》から学校《がっこう》にもどるのは、日《ひ》が暮《く》れる前《まえ》の予定《よてい》だったはずだ。

ケータイをひらいて時計《とけい》を見《み》ると、時刻《じこく》はとっくに18時《じ》をすぎていた。

「……みんな、どこにいったの？　アオイは？」

悠《ゆう》が不安《ふあん》そうに顔《かお》を曇《くも》らせる。大翔《ひろと》にもわからない。

校庭《こうてい》には、ほかのクラスが乗《の》っていたバスも帰《かえ》り着《つ》いていたが、なかをのぞいてみても人《ひと》の気配《けはい》はなかった。

みんなは、ほかの6年生《ねんせい》たちは、どこにいったんだ？

「……ひょっとして、また、鬼《おに》のしわざ……とかじゃないよね？」

悠《ゆう》が不安《ふあん》そうに大翔《ひろと》を見《み》あげた。

「ま、まさかぁ……」

黒《くろ》いツノを持《も》った鬼《おに》――杉下先生《すぎしたせんせい》。大翔《ひろと》たちを罠《わな》にはめようとしていた鬼《おに》。

遊園地《ゆうえんち》で対決《たいけつ》し、なんとか逃《のが》れたばかりだった。

「だって、あいつ、どっか消《き》えちまってたじゃないか……」

「ひょっとしたら、一足先《ひとあしさき》に学校《がっこう》にもどってきたのかもしれない……」

悠《ゆう》はこわばった声《こえ》でいった。

「ぼくたちにケイドロで負《ま》けた、仕返《しかえ》しのためにさ。それで、帰《かえ》ってきたみんな、やつに不意打《ふいう》ちでおそわれちゃって……」

自分《じぶん》でいいつつ、悠《ゆう》の顔色《かおいろ》は、みるみる真《ま》っ青《さお》になっていく。

「……みんな、もう……やつに食《た》べられちゃって……生《い》き残《のこ》ってるのは……ぼくらだけ、とか……」

大翔《ひろと》もさあっと青《あお》ざめた。

空《から》っぽのバス。だれもいない学校《がっこう》。

クラスメイトたちは、すでに全員《ぜんいん》、人喰《ひとく》い鬼《おに》の、腹《はら》のなか……。

「……ん？　待《ま》て、悠《ゆう》。なんか聞《き》こえないか？」

ほとんど卒倒《そっとう》しかけた悠《ゆう》の肩《かた》をつかみ、大翔《ひろと》はゆすった。

「――声《こえ》だ！」

こえ……？　と悠《ゆう》が耳《みみ》を澄《す》ます。

パアッと顔《かお》がかがやいた。

「……ほんとだっ！」

声《こえ》が聞《き》こえてくる。

これは……校長先生《こうちょうせんせい》の声《こえ》だ！

2人《ふたり》はうなずきあった。真《ま》っ暗《くら》な敷地《しきち》を声《こえ》の聞《き》こえてくるほうへ走《はし》り、体育館《たいいくかん》にたどり着《つ》いた。

体育館《たいいくかん》の窓《まど》からは、あたたかい光《ひかり》がもれていた。

なかから校長先生《こうちょうせんせい》の、いつもの声《こえ》が聞《き》こえてくる。2人《ふたり》は、ほっ、と息《いき》を吐《つ》いた。

「……よかったぁ。みんな、無事《ぶじ》だったんだ」

「へへっ。あたりまえじゃんか。悠《ゆう》ってば、ビビってやんのー」

「な、なんだよう。ヒロトだって人《ひと》のこといえないじゃんか！　めちゃくちゃビビってたくせに」

「知《し》～らねっ」

軽口《かるくち》をたたきあいながら、わずかにひらいたとびらから、なかをのぞきこむ。

校長先生《こうちょうせんせい》が壇上《だんじょう》に立《た》って、マイクにむかって話《はなし》をしていた。

その下《した》に、6年生《ねんせい》たちがずらりと整列《せいれつ》し、校長先生《こうちょうせんせい》の話《はなし》を聞《き》いている。

「帰《かえ》りの会《かい》、やってるっぽいね」

「……はいるぞ」

大翔《ひろと》たちは体育館《たいいくかん》のなかへ踏《ふ》みこんでいった。

2 VS《バーサス》鬼《おに》120匹《ひき》！

1

『校外学習《こうがいがくしゅう》というのは、ふだん味《あじ》わえない体験《たいけん》のなかで、みなさんの心《こころ》と体《からだ》の健《すこ》やかな発《はつ》育《いく》をうながすものです。今日《きょう》、みなさんは遊園地《ゆうえんち》で、また一《ひと》つ大《おお》きな成長《せいちょう》をしたことと思《おも》います。——キィ』

校長先生《こうちょうせんせい》の声《こえ》が、だだっ広《ぴろ》い体育館《たいいくかん》にひびきわたっていく。

体育館《たいいくかん》は明々《あかあか》としていた。高《たか》い天井《てんじょう》からつりさげられたライトがまぶしい。

ずらりとならんだ子供《こども》たちの背中《せなか》は、６年生《ねんせい》４クラス、約《やく》１２０人《にん》。

みんな、ぴくりとも動《うご》かなかった。

気《き》をつけをして、口《くち》をひきむすび、壇上《だんじょう》の校長先生《こうちょうせんせい》を見《み》あげている。

大翔《ひろと》は、なんだか、妙《みょう》な感《かん》じがした。どうしたんだろ？　退屈《たいくつ》な校長先生《こうちょうせんせい》の話《はなし》の最中《さいちゅう》に、だれもふざけてないなんて。

校長先生《こうちょうせんせい》の脇《わき》には、教頭先生《きょうとうせんせい》や6年生《ねんせい》の担任《たんにん》たちが立《た》っている。こちらもぴくりとも動《うご》かない。

（こっそりいこうよ）

悠《ゆう》がささやいた。大翔《ひろと》はうなずいた。足音《あしおと》を忍《しの》ばせて体育館《たいいくかん》を横断《おうだん》すると、2組《くみ》の列《れつ》の最後尾《さいこうび》についた。

『つまり、みなさんは本日《ほんじつ》、また一《ひと》つ成長《せいちょう》をしたということです。ふだん味《あじ》わえない体験《たいけん》が、きみたちの心《こころ》と体《からだ》に、健《すこ》やかな発育《はついく》をうながしたわけなのです。――キィィ』

よく聞《き》いてみると、校長先生《こうちょうせんせい》の声《こえ》は、いつもと少《すこ》し調子《ちょうし》がちがっていた。妙《みょう》に甲高《かんだか》く、金切《かなき》り声《ごえ》みたいな息《いき》づかいが交《ま》じるのだ。風邪《かぜ》かなにかで、のどがおかしいんだろうか。

「……あれ？　アオイ、いなくない？」

列《れつ》の前方《ぜんぽう》を見《み》やって、悠《ゆう》が首《くび》をかしげた。

「ほんとだ。それに章吾《しょうご》、和也《かずや》、孝司《こうじ》もいないみたいだ」

1組《くみ》の列《れつ》を見《み》やって、大翔《ひろと》も首《くび》をかしげた。どこにいったんだろう？

「ねえ。アオイ、どこいったか知《し》らない？」

すぐ前《まえ》にならんでいたクラスメイトに、悠《ゆう》が声《こえ》をかけた。

「………」

クラスメイトは返事《へんじ》をしなかった。

2人《ふたり》のことなどまるで気《き》づいていないかのように、だまったまま壇上《だんじょう》を見《み》あげている。

「ねえってば。聞《き》いてる？」

肩《かた》に手《て》をかけるが、反応《はんのう》もしない。

その目《め》が、なんだかおかしかった。

真《ま》っ暗《くら》なのだ。目《め》というよりも、穴《あな》みたいだ。黒一色《くろいっしょく》に塗《ぬ》りつぶされて、光《ひかり》がない。

光《ひかり》の加減《かげん》だろうか？

『そんなわけでみなさんは本日《ほんじつ》また一《ひと》つ大《おお》きな成長《せいちょう》をしたということでそれはつまりふだん味《あじ》わえない体験《たいけん》であって要《よう》はきみたちの心《こころ》と体《からだ》に健《すこ》やかなすこやかなスコヤカナSU《ス》KO《コ》YA《ヤ》KA《カ》NA《ナ》発育《はついく》を――キィイイイエィ！』

とつぜん、校長先生《こうちょうせんせい》が早《はや》まわしするみたいにしゃべたくり、奇声《きせい》を発《はっ》した。大翔《ひろと》と悠《ゆう》はあぜんとして壇上《だんじょう》を見《み》あげた。

それでもだれも騒《さわ》がない。ピクリともしない。

大翔《ひろと》は気《き》づいた。

校長先生《こうちょうせんせい》の目《め》のなかも……真《ま》っ暗《くら》だった。

鉛筆《えんぴつ》でぐりぐりと、乱暴《らんぼう》に塗《ぬ》りつぶしたような目《め》だ。穴《あな》になって、まるで頭《あたま》のむこうまで貫通《かんつう》してるみたいに。

『それでは、帰《かえ》る前《まえ》にみんなで鬼《おに》ごっこをおこないます』

校長先生《こうちょうせんせい》の言葉《ことば》に、大翔《ひろと》は息《いき》をのんだ。

「ルールの説明《せつめい》はオレ様《さま》のほうからさせてもらうぜ！　キャキャキャキャ！」

いきなり笑《わら》い声《ごえ》がひびいたかと思《おも》うと、舞台《ぶたい》そでからぴょこんとなにかが飛《と》びだしてき

た。

ふわふわしたウサギみたいな体《からだ》。背中《せなか》にちょこんと生《は》えた、コウモリみたいな翼《つばさ》。頭《あたま》から生《は》えた2本《ほん》のツノ。やたらみじかい足《あし》。

（……ツノウサギだ！）

見知《みし》った〝鬼《おに》〟だった。運動会《うんどうかい》でもショッピングモールでも遊園地《ゆうえんち》でも、どこにでもでてきやがる。

大翔《ひろと》と悠《ゆう》は顔《かお》を見《み》あわせ、うなずきあった。あいつのいるところ、かならずべつの鬼《おに》があらわれるのだ。牛頭鬼《ごずき》、馬頭鬼《ばずき》、赤鬼《あかおに》、ピエロ鬼《おに》……獰猛《どうもう》で強力《きょうりょく》な鬼《おに》たちが、大翔《ひろと》たちをおそってくる。

ささっと背中《せなか》あわせになると、2人《ふたり》で体育館《たいいくかん》を見《み》まわした。

——出入《でい》り口《ぐち》のとびら。

——体育倉庫《たいいくそうこ》の入《い》り口《ぐち》。

——2階《かい》の細通路《ほそつうろ》。

どこから鬼《おに》がでてくるか、わかったもんじゃない。油断《ゆだん》なく、視線《しせん》を走《はし》らせる。

『どうしたんダ？　大場《おおば》、桜井《さくらい》。なにあわててるんダ？』

ずっと反応《はんのう》一《ひと》つしなかったクラスメイトが、ようやくまわれ右《みぎ》をしてふりむいた。

周囲《しゅうい》を警戒《けいかい》する大翔《ひろと》と悠《ゆう》に、カクン……と首《くび》をかしげて、問《と》いかける。

「……鬼《おに》がいるんだ。きっと、おれたちをおそってくる」

油断《ゆだん》なくあたりを見《み》まわしながら、大翔《ひろと》はこわばった声《こえ》でこたえた。

それから、あれ？　と思《おも》った。

みんな、やっぱりちっとも騒《さわ》がないのだ。ツノウサギの姿《すがた》を見《み》ても、まるでおどろいた様子《ようす》がない。しずかに壇上《だんじょう》を見《み》あげてる。

ツノウサギは、エヘンと胸《むね》をはり、みじかい足《あし》を懸命《けんめい》に動《うご》かして、トコトコと壇上《だんじょう》を歩《ある》いていた。

『オニ？』

クラスメイトは、カクン……と反対側《はんたいがわ》に首《くび》をかしげた。

『オニがいるカラ、どうしたんダ？』


その声《こえ》は、いつものそいつの声《こえ》とは、なんだかまるきりちがって聞《き》こえた。

なにを考《かんが》えてるか、わからない。不思議《ふしぎ》に思《おも》っているのか、怪《あや》しんでいるのか、いらだっているのか……なにもわからない。うつろな声《こえ》だった。

「嘘《うそ》じゃないんだ。みんな、逃《に》げないと食《た》べられちゃうよ！」

悠《ゆう》が身《み》を乗《の》りだして説得《せっとく》する。

「だいじょうぶだ、悠《ゆう》。いくら鬼《おに》でも、この人数《にんずう》相手《あいて》にそうそう手《て》だしできねえはずだ」

大翔《ひろと》はうなずきかけた。

体育館《たいいくかん》には、100人《にん》以上《いじょう》の生徒《せいと》がいるのだ。これだけたくさん子供《こども》がいれば、どんな鬼《おに》がおそってきたとしたって、対抗手段《たいこうしゅだん》はあるはずだ。

……でも。

自分《じぶん》でいっていて、なにか自分《じぶん》がすごく大《おお》きな思《おも》いちがいをしているような気《き》がしてしかたがない。

『いってることが、よくワカラナイ。どうして逃《に》げる必要《ひつよう》があるンダ？』

クラスメイトが、またカクン……と首《くび》をかしげた。

『逃《に》げる必要《ひつよう》があるのは、子供《こども》ダケダロ？　ドウシテ？　ネエ、ドウシテドウシテ？　ドウシテドウシテドウシテ？』

カクン、カクン……ふり子《こ》みたいに首《くび》をゆらしつづけている。

大翔《ひろと》はごくりとつばをのんだ。

（ま、まさか……）

「それじゃあ、このオレ様《さま》が鬼《おに》ごっこのルールを説明《せつめい》してやるぜ！　耳《みみ》の穴《あな》かっぽじって、よーく聞《き》くんだぜえ!?」

ツノウサギが台《だい》によじ登《のぼ》り、得意《とくい》そうに翼《つばさ》をひろげてマイクをかかえこむ。

そのときだ。舞台《ぶたい》のそでから、つかつかと人影《ひとかげ》がでてきたのは。

「みなさん、ごくろうさま」

……杉下先生《すぎしたせんせい》だった。

大翔《ひろと》と悠《ゆう》は、思《おも》わずびくっと体《からだ》をふるわせた。

いつもどおりのニコニコ笑顔《えがお》。遊園地《ゆうえんち》でやりあったときのままの、サマーセーターにチノパン姿《すがた》。ほおにかすかに赤《あか》い痕《あと》がのこっている。

(やっぱり、先《さき》に学校《がっこう》にもどっていたんだ！)

大翔《ひろと》は腰《こし》をおとした。いつでも走《はし》りだせるよう、身《み》がまえる。心臓《しんぞう》の音《おと》がどくどくと速《はや》くなる。

（みんなに、知《し》らせなくちゃー！）

油断《ゆだん》なく壇上《だんじょう》の先生《せんせい》をにらみつけると、めいっぱい息《いき》をすいこんだ。

――みんな、聞《き》いてくれ！　杉下先生《すぎしたせんせい》は鬼《おに》だ！　おれたちを喰《く》おうとしてるんだ！

――証拠《しょうこ》があるよ！　ぼくのスマホで撮《と》った写真《しゃしん》を見《み》て！　ほら、先生《せんせい》の額《ひたい》に、黒《くろ》いツノが――


2人《ふたり》はさけぼうとした。

その声《こえ》は、わきあがった歓声《かんせい》にかき消《け》されていた。


ウオオオオオオオオオオォォォォォォォォォオオ！

杉下先生《すぎしたせんせい》！　先生《せんせい》エエエエエエエエェェェェェェェェエエ!!


杉下先生《すぎしたせんせい》を称《たた》える熱狂《ねっきょう》が、体育館中《たいいくかんじゅう》にひびきわたっていった。

2

みんな、ほえるようにさけんでいる。

身《み》を乗《の》りだし、拳《こぶし》を突《つ》きあげる。杉下先生《すぎしたせんせい》、杉下先生《すぎしたせんせい》とコールがひびく。まるでカリスマ的《てき》な人気《にんき》を誇《ほこ》る、アイドルのコンサートみたいだ。

先生《せんせい》たちは平伏《へいふく》していた。杉下先生《すぎしたせんせい》にむけて、頭《あたま》を床《ゆか》に押《お》しつけ、土下座《どげざ》している。

大翔《ひろと》と悠《ゆう》はあぜんとして、周囲《しゅうい》を見《み》つめていた。

「み、みんな……？　ど、どうしちゃったのさ……」

悠《ゆう》の口《くち》もとがひきつっている。

「ええっと……はい、ちゅうもく。ちゅうもーく！」

ツノウサギがコホンと咳《せき》をしていった。

「このオレ様《さま》が！　鬼《おに》ごっこのルールを！　説明《せつめい》するぜ！　よーく聞《き》けよー！」

だれも聞《き》いちゃいない。

「……今日《きょう》は先生《せんせい》、みなさんにあやまらなくちゃいけないことがあります」


杉下先生《すぎしたせんせい》が口《くち》をひらいた。

それでみんな、ピタリと騒《さわ》ぐのを止《や》めた。

ざざっと流《なが》れるような動作《どうさ》で床《ゆか》に片《かた》ひざをつき、胸《むね》に手《て》をやって頭《こうべ》を垂《た》れる。立《た》ちつくしているのは、大翔《ひろと》と悠《ゆう》だけだ。


「先生《せんせい》、いままでみんなに嘘《うそ》をついていました。ごめんなさい。

子供《こども》たちのことが大好《だいす》きな、杉下先生《すぎしたせんせい》。

いつもニコニコ、みんな大好《だいす》き。みんなの杉下先生《すぎしたせんせい》。

……そんなふりをしてきましたが、先生《せんせい》、実《じつ》は人間《にんげん》じゃありません。

鬼《おに》です。〝黒鬼《くろおに》〟っていいます。

いままで人間《にんげん》のふりをしていて、すみませんでした」

子供《こども》たちがざわついた。

鬼《おに》ダッテ、マジカー、と声《こえ》が聞《き》こえる。

「……ねーねー。だれか、オレ様《さま》の話《はなし》、聞《き》きたくなーい？」

ツノウサギがさびしそうにしている。


「でも、先生《せんせい》がみんなのこと、大好《だいす》きだっていうのは本当《ほんとう》です。

先生《せんせい》、みんなのことが好《す》きです。

頭《あたま》からボリボリと喰《く》ってしまいたいくらい好《す》きです。とてもおいしそうだと思《おも》ってます。

こんな先生《せんせい》でも、みんな、きらいにならないでいてくれるかな？」


——もっちろン！

子供《こども》たちが声《こえ》をはりあげた。

大翔《ひろと》は息《いき》をのんでいた。クラスメイトたちを見《み》わたしながら、背筋《せすじ》を冷《つめ》たい汗《あせ》が伝《つた》いおちていく。

杉下先生《すぎしたせんせい》は、自分《じぶん》が鬼《おに》だと打《う》ち明《あ》けている。なのに、みんな、おどろくどころか、あっさりと受《う》けいれている。

これじゃ、まるで……。

「ありがとう。先生《せんせい》、やっぱりみんなのことが……子供《こども》たちのことが、大好《だいす》きです」

杉下先生《すぎしたせんせい》はニッコリ笑《わら》った。

「……………………でも」

しずかな声《こえ》でつづけた。

「でもね。実《じつ》はね。

先生《せんせい》ね。

今日《きょう》、はじめて……きらいな子供《こども》ができてしまいました……」

――ナんダっテ!?
――イッたいダレ!?

「……その子《こ》ね。
ひどいんですよ。
だって、先生《せんせい》のこと……殴《なぐ》ったんだもの」

杉下先生《すぎしたせんせい》がいいおわらないうちに、体育館《たいいくかん》は怒号《どごう》につつまれた。

――ドコノ、ドイツダアアアアアアアアア!

生徒《せいと》たちの怒《いか》りのさけび、さけび、さけび。
大翔《ひろと》はすくみあがった。
聞《き》きなれた同級生《どうきゅうせい》たちの声《こえ》のはずなのに、まるで巨大《きょだい》な肉食獣《にくしょくじゅう》のおたけびを浴《あ》びせられたみたいに。のどがカラカラになる。

遊園地《ゆうえんち》でやつを殴《なぐ》りつけた拳《こぶし》が、ひんやりと冷《つめ》たくなっていく。

杉下先生《すぎしたせんせい》は台《だい》をバンバンとたたきながらつづけた。

「先生《せんせい》、その子《こ》のこと、気《き》にいっていたんですよ！　おいしくなりそうだって、目《め》をかけていたんです。だからせっかくケイドロで遊《あそ》んであげたのに、その子《こ》は先生《せんせい》のほおを殴《なぐ》ったんです。

痛《いた》かった。

とても痛《いた》かった。

なにより心《こころ》が痛《いた》かった！

その子《こ》のこと、大好《だいす》きだったのに。

……なんだか、もう、きらいになってしまいました。

みっなさーん。

きらいになった食《た》べ物《もの》って、どうしたらいいと思《おも》いますかぁ？」

——処分《しょぶん》シテシマエバイイト思《おも》イマース!!

「……だってさ？　大場《おおば》くん」

杉下先生《すぎしたせんせい》の視線《しせん》が、壇上《だんじょう》から自分《じぶん》にむけられた。射貫《いぬ》くように。
壇上《だんじょう》を見《み》あげていた生徒《せいと》たちが、いっせいにうしろをふりかえった。
真《ま》っ暗《くら》な穴《あな》のような瞳《ひとみ》が大量《たいりょう》にならんで、立《た》ちつくした大翔《ひろと》たちを見《み》つめる。

「遊園地《ゆうえんち》ではありがとう、大場《おおば》くん。ケイドロ、とても楽《たの》しかった。
キミに負《ま》けちゃって、くやしかったです。はは。
キミに殴《なぐ》られたほお、すごく痛《いた》いです。あはは。
あんまりくやしかったから……」

――キミの同級生《どうきゅうせい》たち、全員《ぜんいん》、操《あやつ》っちゃった。

大翔《ひろと》は足《あし》が床《ゆか》にしずみこんでゆくような気《き》がした。

やつに人《ひと》を操《あやつ》る力《ちから》があるのは知《し》っていた。遊園地《ゆうえんち》では、それでさんざん苦《くる》しめられたのだ。

……でも、まさか、こんなにたくさんの人数《にんずう》を一度《ど》に操《あやつ》れるだなんて……。

「決着《けっちゃく》をつけよう。鬼《おに》ごっこでね」

杉下先生《すぎしたせんせい》はニコニコ笑顔《えがお》で大翔《ひろと》を見《み》おろした。

「ルール①：子供《こども》は、鬼《おに》から逃《に》げなければならない。

ルール②：鬼《おに》は、子供《こども》を捕《つか》まえなければならない。

ルール③：きめられた範囲《はんい》を越《こ》えて、逃《に》げてはならない。

ルール④：時間制限《じかんせいげん》はない。子供《こども》が勝《か》つか鬼《おに》が勝《か》つまで、ゲームは終《お》わらない」

鬼《おに》ごっこのルールを読《よ》みあげていく。一《ひと》つ一《ひと》つ、心底《しんそこ》楽《たの》しそうに。

ツノウサギが、しょんぼりとマイクを口《くち》にいれて、バリボリとかみくだいた。

「子供《こども》は6人《にん》。大場《おおば》くん、桜井《さくらい》くん、宮原《みやはら》さん、金谷《かなや》くん、関本《せきもと》くん、伊藤《いとう》くん。

……あ、すでに2人《ふたり》ほど、捕《つか》まえちゃってたね。油断《ゆだん》してるとこうなっちゃうよね」

「また捕《つか》まるのオレたちかよおっ！」

「トランプとかしてる場合《ばあい》じゃなかったああ！」

和也《かずや》と孝司《こうじ》が、先生《せんせい》たちに羽交《はが》い締《じ》めにされて、壇上《だんじょう》にひきずりだされてきた。

「鬼《おに》はキミらの同級生全員《どうきゅうせいぜんいん》。つまり鬼《おに》120匹《ひき》 VS《バーサス》 子《こ》4人《にん》。

にぎやかで楽《たの》しい鬼《おに》ごっこになりそうですね？　ふふっ」

ずらりとならんだクラスメイトたちの、光《ひかり》のない目《め》を見《み》すえ、大翔《ひろと》はぶるぶると首《くび》をふった。

「ルール⑤：子供《こども》は、黒鬼《くろおに》をやっつければ勝《か》ち。

ルール⑥：黒鬼《くろおに》は、子供《こども》を全員《ぜんいん》喰《く》いつくせば勝《か》ち。鬼《おに》に捕《つか》まった子供《こども》は、☠

さあ、はじめよう。僕《ぼく》は校長室《こうちょうしつ》で待《ま》ってるよ。

ぜひきてね。……ここから逃《のが》れられたら、だけど」

杉下先生《すぎしたせんせい》はニコニコと手《て》をふると、舞台《ぶたい》そでへひっこんでいった。

『……ダカラいったダろ？　逃《に》げる必要《ひつよう》ナンカないんダヨ。……俺《おれ》らハ』

立《た》ちつくす大翔《ひろと》たちを見《み》やり、クラスメイトはケケッと笑《わら》い声《ごえ》をもらした。

『ダッテ、オニナンダカラ』

『サアミンナ、数《かず》ヲ数《かぞ》エテ！　10数《かぞ》エタラ、ハジメテクダサイ！』

先生《せんせい》たちがさけんだ。あばれる和也《かずや》と孝司《こうじ》をひったてていく。

イーチー！

ニーイー！

サーンン！

生徒《せいと》たちがいっせいに数《かず》を数《かぞ》えはじめた。

120匹《ひき》のオニたちの声《こえ》が、体育館《たいいくかん》をふるわせていく。

「ゆ、悠《ゆう》！　逃《に》げるぞ……っ！」

大翔《ひろと》の声《こえ》はうわずった。涙目《なみだめ》になっている悠《ゆう》の腕《うで》をひき、くるりと背《せ》をむけてかけだした。体育館《たいいくかん》のとびらに飛《と》びつく。

……あかない。

とびらは、いくら力《ちから》をこめてもガタガタッとゆれるだけだ。

『ジューウウ……。サテ、子供《こども》ヲ捕《つか》マエヨウゼ。ケケッ』

『オヤア？　マダ、アンナトコロニイルゾ？』

『オニガ数《かず》カゾエテルアイダニ、モット遠《とお》クマデ逃《に》ゲナイト、ダメジャナーイ。ケケケッ』

背中《せなか》にケタケタと笑《わら》い声《ごえ》がひびく。

大翔《ひろと》は必死《ひっし》にとびらに体当《たいあ》たりをくりかえした。とびらはガシンガシンとふるえるだけでひらかない。

『サア、輪《わ》ニナレ！』

生徒《せいと》たちが進《すす》みでると、ぞろぞろと円《えん》を描《えが》いて大翔《ひろと》たちをとりかこみはじめた。

「みんな、目《め》を覚《さ》ましてくれよっ！」

「杉下先生《すぎしたせんせい》にだまされないでっ！　あいつ鬼《おに》なんだよお！」

うつろな目《め》をしたクラスメイトたちに、大翔《ひろと》と悠《ゆう》は必死《ひっし》に呼《よ》びかけた。

みんな、あいつに操《あやつ》られているだけだ。毎日机《まいにちつくえ》をならべて一緒《いっしょ》に勉強《べんきょう》し、遊《あそ》んできた友《とも》だちたちなんだ。きっとわかってくれる――

でも、クラスメイトたちはニヤニヤと笑《わら》うだけだった。

『黒鬼様《くろおにさま》ノ命令《めいれい》ハゼッタイダ！』

『黒鬼様《くろおにさま》ニ逆《さか》ラウ子供《こども》ハ、喰《く》ワレテ死《し》ンダホウガイイ！』

「…………」

生徒《せいと》たちが手《て》をつないでいく。輪《わ》を作《つく》り、じりじりとせばめて、中央《ちゅうおう》で大翔《ひろと》たちを捕《と》らえるつもりだ。

追《お》いつめられ、大翔《ひろと》と悠《ゆう》は身《み》をちぢこまらせた。

「……見《み》てられねぇな」

どこからか、ボソリと声《こえ》が聞《き》こえた。

――カチッ
とつぜん、真《ま》っ暗《くら》になった。

3

なにも見《み》えなくなった。すぐそこに迫《せま》っていた、生徒《せいと》たちの顔《かお》すら。明々《あかあか》とついていた電気《でんき》が、いっせいにすべて消《き》えたのだ。

生徒《せいと》たちのあいだに動揺《どうよう》が走《はし》った。がやがやと騒《さわ》ぐ声《こえ》が、体育館《たいいくかん》の壁《かべ》に反響《はんきょう》していく。

そのなかで……凛《りん》とした声《こえ》がひびきわたった。

「ちょっと多勢《たぜい》に無勢《ぶぜい》がすぎない？」

葵《あおい》の声《こえ》だ！

大翔《ひろと》と悠《ゆう》は暗闇《くらやみ》のなか、顔《かお》を見《み》あわせうなずきあった。

「120VS《バーサス》4なんて、バランス崩壊《ほうかい》よ。こっちも仲間《なかま》を呼《よ》ばせてもらうわ。——さあ、みんな、やっちゃって！」

ガッシャアアアアアアアアアン！

どこかでガラスのわれる音《おと》がひびきわたった。
生徒《せいと》たちが悲鳴《ひめい》をあげた。ドコダ！　ダレガヤッタ！　さけび声《ごえ》があがる。
「目《め》には目《め》を、数《かず》には数《かず》を。こっちの仲間《なかま》はもっと多《おお》いわよ」
葵《あおい》が声《こえ》をはりあげた。
「武器《ぶき》もいっぱいあるわ。痛《いた》い目《め》あいたくなかったら、散《ち》ってなさい！」

ズガアアアンッ！　ガアンッ！

なにか金属《きんぞく》のたたきつけられる音《おと》がつぎつぎとひびいた。体育館《たいいくかん》はパニックにつつまれた。

生徒《せいと》たちがさけび、バタバタと走《はし》りまわる足音《あしおと》がひびく。

「……悠《ゆう》、いまのうちだ。いくぜ」

大翔《ひろと》はじっと目《め》をこらした。目《め》がなれてくると、パニックのなか、かこんでいた生徒《せいと》たちの輪《わ》が乱《みだ》れているのがわかる。

乱《みだ》れた輪《わ》のすきまに突《つ》っこんだ。だれかがのばした手《て》をかすめ、走《はし》り抜《ぬ》ける。

『シマッタ！　イマノ大場《おおば》ダ！　オイ、逃《に》ゲラレタ！』

『ドッチイッタ!?』

『ダレカ、電気《でんき》ツケロ！』

声《こえ》が反響《はんきょう》する。だれかが走《はし》っていく足音《あしおと》がひびく。

大翔《ひろと》たちは足音《あしおと》を殺《ころ》して、体育館《たいいくかん》をはしまでかけ抜《ぬ》けた。

「………2人《ふたり》とも、無事《ぶじ》？」

はしまでたどり着《つ》くと、上《うえ》から声《こえ》が降《ふ》ってきた。

2階《かい》の柵《さく》のむこうだ。宮原葵《みやはらあおい》がカーテンから顔《かお》だけだして、2人《ふたり》を見《み》おろしていた。

「……アオイ、仲間《なかま》ってだれ？」

「あれは嘘《うそ》よ。あたしだけ。暗闇《くらやみ》は敵《てき》を大《おお》きく見《み》せるものなり、ってね」

何度《なんど》も壁《かべ》にたたきつけてへこんだ消火器《しょうかき》を手《て》に、葵《あおい》はぺろりと舌《した》をだした。

脇《わき》の窓《まど》は粉々《こなごな》にわれ、ひゅうひゅうと風《かぜ》が吹《ふ》きこんでいる。

「……ちょっといろいろこわしちゃったけど、保険《ほけん》きくかしら？　これ。電気《でんき》を消《け》してくれたのがだれかわからないけど、それ以外《いがい》に仲間《なかま》なんていないわ。……明《あ》かりがついたらすぐにバレると思《おも》う。あっちから逃《に》げましょ」

葵《あおい》は体育倉庫《たいいくそうこ》のほうを指《ゆび》さした。2階通路《かいつうろ》を走《はし》っていく。

大翔《ひろと》たちもいそいだ。騒《さわ》ぐ生徒《せいと》たちのすぐ脇《わき》を、気配《けはい》を殺《ころ》してかけ抜《ぬ》ける。

ようやく電気《でんき》がついたときには、体育倉庫《たいいくそうこ》へ飛《と》びこんでいた。

「こっち！」

葵《あおい》は、壁際《かべぎわ》に寄《よ》せた跳《と》び箱《ばこ》をのぼっていた。天井《てんじょう》の近《ちか》くに窓《まど》がついている。ラッチをまわして横《よこ》へすべらせた。窓枠《まどわく》へ足《あし》をかけ、飛《と》びおりる。

「悠《ゆう》もいけ！」

悠《ゆう》が跳《と》び箱《ばこ》のすきまにつま先《さき》をひっかけ、よじ登《のぼ》っていく。

生徒《せいと》たちの足音《あしおと》が近《ちか》づいてくる。大翔《ひろと》は手当《てあ》たりしだいにボールのはいったラックを動《うご》かし、体育倉庫《たいいくそうこ》の入《い》り口《ぐち》をふさいだ。掃除用《そうじよう》のホウキをひろいあげてかまえる。

『イタゾ！』

入《い》り口《ぐち》から追《お》っ手《て》が顔《かお》をのぞかせた。ラックを脇《わき》によけながら、一列《れつ》になって進《すす》んでくる。

その先頭《せんとう》へ、大翔《ひろと》はブンとホウキを横薙《よこな》ぎにふるった。近《ちか》づいてこようとしていた生徒《せいと》がさがる。それでもまたじりじりと距離《きょり》をつめてくる。

「悠《ゆう》っ！　はやくいけっ！」

先頭《せんとう》の生徒《せいと》が突《つ》っこんでくるのをかわし、相手《あいて》の胴《どう》へ柄《え》をたたきこんだ。

つづいて飛《と》びかかってきたやつの手《て》をかわすと、ぐるりと腰《こし》をひねって肩《かた》から腰《こし》へ――一閃《いっせん》。２人《ふたり》がうめいて横腹《よこばら》をかかえる。

悠《ゆう》が窓《まど》から飛《と》びおりると、大翔《ひろと》はホウキをほうりだした。助走《じょそう》をつけて走《はし》ると、ふみきり板《ばん》をしずみこませて跳《と》んだ。

跳《と》び箱《ばこ》8段《だん》。

一息《ひといき》に飛《と》び越《こ》える。

うしろ足《あし》で跳《と》び箱《ばこ》を力《ちから》いっぱい押《お》しだしながら、窓《まど》の外《そと》へと飛《と》びだした。背中《せなか》で跳《と》び箱《ばこ》がガラガラと音《おと》を立《た》てて崩《くず》れる。生徒《せいと》たちの悲鳴《ひめい》がひびく。

大翔《ひろと》はころげるように着地《ちゃくち》した。葵《あおい》が目配《めくば》せする。悠《ゆう》がうなずいた。

3人《にん》、いっせいに走《はし》りはじめた。


（ちくしょう。杉下先生《すぎしたせんせい》――いや、黒鬼《くろおに》め）

走《はし》りながら、大翔《ひろと》はギリッと奥歯《おくば》をかみしめた。

まさか、6年生全員《ねんせいぜんいん》を操《あやつ》ってくるなんて。おれのクラスメイトたちを、友《とも》だちたちを、あんな風《ふう》にしてくれやがって。

（……負《ま》けるもんか）

怖《こわ》くなかった。むしろ腹《はら》が立《た》っていた。ふつふつと怒《いか》りがわいてくる。

『子供《こども》は、黒鬼《くろおに》をやっつければ勝《か》ち』

『黒鬼《くろおに》は、子供《こども》を全員《ぜんいん》喰《く》いつくせば勝《か》ち』

『時間制限《じかんせいげん》はない。子供《こども》が勝《か》つか鬼《おに》が勝《か》つまで、ゲームは終《お》わらない』……

やつは、おれたちを逃《に》がす気《き》はないみたいだ。おれたちが勝《か》つか、やつが勝《か》つかの二《ふた》つに一《ひと》つ。

いいぜ、決着《けっちゃく》をつけてやる。大翔《ひろと》は拳《こぶし》をにぎりしめた。

やっつけてやる。

間《かん》章《しょう》

同時刻《どうじこく》。

桜ヶ島《さくらがじま》小学校《しょうがっこう》から徒歩《とほ》15分《ふん》の距離《きょり》にある、桜ヶ島《さくらがじま》グリーンハイツの一室《いっしつ》で。

「……今日《きょう》という今日《きょう》は、ガツンといってやらなくっちゃ」

大場大翔《おおばひろと》のお母《かあ》さんは、壁《かべ》かけ時計《どけい》をじっとにらみつけながら、低《ひく》い声《こえ》でそう誓《ちか》いを立《た》てた。

19時《じ》をまわったところだった。外《そと》は完全《かんぜん》に陽《ひ》がおちた。マンションの窓《まど》はどれもあたたかい明《あ》かりで満《み》たされ、夕食時《ゆうしょくどき》のおいしそうなにおいをただよわせている。

大場家《おおばけ》も同《おな》じだった。キッチンでは熱々《あつあつ》のシチューが煮《に》こまれ、ぐつぐつと音《おと》を立《た》てている。テーブルには皿《さら》がならべられ、もりつけを待《ま》っているところだ。

夕食《ゆうしょく》の準備《じゅんび》は、すっかりととのっている。

……肝心《かんじん》の子供《こども》が、一向《いっこう》に帰《かえ》ってこないことをのぞいては。

「あの子《こ》、きっとまた、どっか遊《あそ》び歩《ある》いてるんだわ……」

大翔《ひろと》のお母《かあ》さんは鍋《なべ》の火《ひ》を消《け》すと、ムスッとした顔《かお》で腕《うで》を組《く》んだ。

寄《よ》り道《みち》したり、おそくなるときは、きちんと連絡《れんらく》をいれること。

いつもいいきかせているのに、ちっとも守《まも》らない。

「今日《きょう》という今日《きょう》は、ゆるさないんだから……。親《おや》の怒《いか》りを思《おも》い知《し》るといいわ……」

「……フフ、ヒロトくん、これは大変《たいへん》そう。帰《かえ》ってくるなり、説教大会《せっきょうたいかい》ね」

来客用《らいきゃくよう》のソファに座《すわ》って、桜井悠《さくらいゆう》のお母《かあ》さんがのほほんと笑《わら》った。

同《おな》じマンションに住《す》んでいる大場家《おおばけ》と桜井家《さくらいけ》は、親同士《おやどうし》でも仲《なか》がいい。よくおたがいの家《いえ》に行《い》き来《き》しては、子供《こども》そっちのけで長話《ながばなし》に花《はな》を咲《さ》かせている。

「たしかに、今日《きょう》は特《とく》に帰《かえ》りがおそいわねえ……」

悠《ゆう》のお母《かあ》さんは、ひざに乗《の》せたノートパソコンを、むずかしい顔《かお》をしてにらみつけている。ノートパソコンの画面《がめん》には、『殺人《さつじん》』だの『誘拐《ゆうかい》』だの『犯人《はんにん》』だの、物騒《ぶっそう》な言葉《ことば》がずらりとならんでいる。悠《ゆう》のお母《かあ》さんは小説家《しょうせつか》なのだ。

事前《じぜん》にもらっていた校外学習《こうがいがくしゅう》のしおりでは、バスが学校《がっこう》に帰《かえ》り着《つ》くのは17時《じ》の予定《よてい》になっていた。

おくれたとしたって、帰《かえ》りの会《かい》が長《なが》びいたとしたって、とっくに家《いえ》に着《つ》いていないとおかしい時間《じかん》なのだ。

「なにか、悪《わる》い事件《じけん》にでも巻《ま》きこまれてたりして。……密室殺人《みっしつさつじん》とか」

「……ちょっと、やめてよ」

大翔《ひろと》のお母《かあ》さんはため息《いき》を吐《つ》いた。悠《ゆう》のお母《かあ》さんは、なんでも小説《しょうせつ》のネタに考《かんが》えるのだが、ときどきしゃれになっていない。

電話機《でんわき》をとると、もう何度《なんど》めか、大翔《ひろと》のケータイにかけた。

――おかけになっている電話《でんわ》は、電波《でんぱ》のとどかない場所《ばしょ》におられるか、電源《でんげん》がはいっていないため、かかりません。

「……せっかくケータイ持《も》たせたのに、ちっとも役《やく》に立《た》たないじゃないの」

ブツブツ文句《もんく》をいいながら、小学校《しょうがっこう》にもかけてみた。

――ツーッ、ツーッ、ツーッ

電話《でんわ》はかからない。

「……まったくもう。どうしちゃったっていうの？」

そのとき、ちょうどチャイムが鳴《な》った。

大翔《ひろと》のお母《かあ》さんはダッシュで玄関《げんかん》へむかうと、『お母《かあ》さん、めちゃくちゃ怒《おこ》ってます！』という怖《こわ》い顔《かお》を作《つく》った。とびらをあけながら、ドスのきいた声《こえ》をだした。

「……いったい、いま、何時《なんじ》だと思《おも》ってるの……？」

「あ、え？　し、19時《じ》でしょうか……」

立《た》っていたのは、宮原葵《みやはらあおい》のお父《とう》さんだった。

「19時《じ》5分《ふん》……だったかもしれませんが……」

「……ごめんなさい。大翔《ひろと》とまちがえました……」

「大翔《ひろと》くんも帰《かえ》ってきていないんですか？　娘《むすめ》が大翔《ひろと》くんのところにお邪魔《じゃま》してるのかと思《おも》って、きてみたんですが」

宮原家《みやはらけ》は両親《りょうしん》とも塾《じゅく》の先生《せんせい》をしている。家《いえ》にもどったら、いつも先《さき》に帰《かえ》っている葵《あおい》がいないので、青《あお》い顔《かお》して飛《と》びだしてきたらしい。

「そうですか。お邪魔《じゃま》していませんか……。どこにいっちゃったんだろう、葵《あおい》……」

世界《せかい》の終《お》わりみたいな顔《かお》をして、おろおろとその場《ば》で歩《ある》きまわりはじめる。

リビングから悠《ゆう》のお母《かあ》さんが顔《かお》をだし、ニヤニヤ笑《わら》った。

「そんなに心配《しんぱい》しないでも。男《おとこ》の子《こ》と女《おんな》の子《こ》が帰《かえ》ってこないなんて、これはむしろ期《き》待《たい》をするところじゃありません？」

葵《あおい》のお父《とう》さんはきょとんとしている。大翔《ひろと》のお母《かあ》さんは悠《ゆう》のお母《かあ》さんをにらんだ。

「葵《あおい》ちゃんはだいじょうぶですよ。しっかりしてるじゃないですか」

「そうですよ。うちの悠《ゆう》なんか、いつもぽやぽや一んとしてて、どうしようもないのに」

「悠《ゆう》くんはやさしいもの。それにひきかえ大翔《ひろと》は、だんだん、いうことをきかなくなってくるんだから……」

親《おや》たちは、顔《かお》つきあわせて文句《もんく》をいいはじめた。

いわく、おそくなるときは電話《でんわ》しろっていっても、いつも聞《き》かない。

寄《よ》り道《みち》するなっていっても聞《き》かない。

あぶないことするなっていっても聞《き》かない。

好《す》き嫌《きら》いばかりする。ゲームやりすぎ。歯《は》をみがかない。etc.《エトセトラ》etc.《エトセトラ》……

いつの間《ま》にやら、我《わ》が子《こ》の愚痴《ぐち》大会《たいかい》と化《か》した。

「ほんとに申《もう》し訳《わけ》ないです。葵《あおい》がいつも迷惑《めいわく》をかけて……」

「いえ、うちの悠《ゆう》がいけないんです」

「いーえ！　全部《ぜんぶ》大翔《ひろと》のせいなんです！」

大翔《ひろと》のお母《かあ》さんは決意《けつい》した。このところ、ずっと思《おも》っていたのだ。今日《きょう》こそビシッと
いってやらなくては、問《と》いただしてやらなくては、って。

……だって。

このところ、大翔《ひろと》の様子《ようす》が、なんだか変《へん》だ。

ケガをして帰《かえ》ってくることが増《ふ》えた。全力《ぜんりょく》で走《はし》りまわったみたいに、ぐったりして帰《かえ》ってきたことが何度《なんど》かあった。

——なにか、あぶないことをしている。

親《おや》の直感《ちょっかん》が、そう告《つ》げている。

(いったいどうしたの?)

訊《き》いても、どうもしないよ、とはぐらかされてしまう。

(あぶないことしちゃ、だめだからね)

わかってるよ、とごまかされてしまう。

(こまったことがあったら、お母《かあ》さんに相談《そうだん》するのよ?)

——まったく。子供扱《こどもあつか》いするなよ、母《かあ》さん。

——おれ、もうすぐ中学生《ちゅうがくせい》なんだぜ? 大人《おとな》なんだ。

なにをいっても、この調子《ちょうし》。

小《ちい》さいころは、そうじゃなかったのに。お母《かあ》さんお母《かあ》さんって、なんでも話《はな》してくれたのに。

このごろ、どんどん、いうことを聞《き》かなくなってきた。

お母《かあ》さんは、おもしろくない。

「……みんなでなにしてるの？」

娘《むすめ》の結衣《ゆい》が、玄関《げんかん》からそっと顔《かお》をだした。

ヒートアップする大人《おとな》たちを見《み》やって、不思議《ふしぎ》そうに首《くび》をかしげている。

「遊《あそ》んでるの？」

「遊《あそ》んでないわ。結衣《ゆい》。ちょっとお留守番《るすばん》してて。お母《かあ》さん、大翔《ひろと》を迎《むか》えにいってくるから。今日《きょう》こそは、ビシッといってやらなくちゃ」

エプロンをはずすと、靴《くつ》をひっかけた。

「わたしもいくわ」

悠《ゆう》のお母《かあ》さんが手《て》をあげた。

「わたしも、悠《ゆう》にはビシッといってやらなきゃって思《おも》ってたの。……けっして、原稿《げんこう》がつまって気分転換《きぶんてんかん》したいからとかじゃなく」

「僕《ぼく》もいきます」

葵《あおい》のお父《とう》さんがつづいた。

「父親《ちちおや》として、葵《あおい》にはかっこよくビシッといってやらなくちゃいけません。……そうしたら、葵《あおい》もお父《とう》さんを見《み》なおしてくれるかもしれない……」

親《おや》たち3人《にん》、うなずきあった。

小学校《しょうがっこう》まで、いってみることにした。

3 対《たい》決《けつ》！ 水《すい》鬼《き》・黒《くろ》鬼《おに》

1

先生《せんせい》たちが体育館《たいいくかん》をでていくと、金谷章吾《かなやしょうご》は、かくれていたどん帳《ちょう》の陰《かげ》から外《そと》へでた。

気配《けはい》を殺《ころ》し、あとを追《お》う。

外《そと》にでると、さっきまでのしずかな空気《くうき》は跡形《あとかた》もなかった。

校庭《こうてい》に散《ち》った生徒《せいと》たちの足音《あしおと》が、夜《よる》の桜ヶ島小《さくらがじましょう》にひびきわたっている。

『黒鬼様《くろおにさま》ニ逆《さか》ラウ子供《こども》ニ罰《ばつ》ヲ！ 大場大翔《おおばひろと》、桜井悠《さくらいゆう》、宮原葵《みやはらあおい》、金谷章吾《かなやしょうご》……コイツラヲヒキズリダセ！』

校内《こうない》のスピーカーからくりかえしひびく声《こえ》が、生徒《せいと》たちをあおりたてている。

「ゼッタイニ学校《がっこう》カラ外《そと》ヘダスナ！」

「草《くさ》ノ根《ね》ワケテデモ見《み》ツケダセ！」

走《はし》りまわる生徒《せいと》たちの声《こえ》。

上空《じょうくう》からさしこんできた光《ひかり》を、章吾《しょうご》はとっさに身《み》をふせて逃《のが》れた。

見《み》あげると、校舎《こうしゃ》の上《うえ》から幾筋《いくすじ》もの懐中電灯《かいちゅうでんとう》の光《ひかり》が、サーチライトのように地上《ちじょう》をてらしだし、子供《こども》がいないかさがしている。

校外《こうがい》への脱出《だっしゅつ》ルートは厳重《げんじゅう》に封鎖《ふうさ》されていた。敷地《しきち》をぐるりとかこむフェンスには、一定間隔《いっていかんかく》おきに見張《みは》りの生徒《せいと》が立《た》ち、子供《こども》を警戒《けいかい》している。校門《こうもん》は閉《と》じられ、南京錠《なんきんじょう》をかけられていた。脇《わき》には校長先生《こうちょうせんせい》が立《た》って、外部《がいぶ》の人間《にんげん》が不審《ふしん》に思《おも》わないように対応《たいおう》している。

「……くそ。まるで戦場《せんじょう》だぜ。黒鬼《くろおに》のやろう、ほんとに俺《おれ》たちを逃《に》がす気《き》はねぇみたいだな……」

子供《こども》が勝《か》つか鬼《おに》が勝《か》つまで、ゲームは終《お》わらない——宣戦布告《せんせんふこく》のとおり、これじゃやつの術《じゅつ》をとかないかぎり、外《そと》への脱出《だっしゅつ》は不可能《ふかのう》だ。

「まずは、あいつらをなんとか助《たす》けねぇと……」

つれだって歩《ある》いていく先生《せんせい》たち。とりかこまれるようにつれられていく、和也《かずや》と孝司《こうじ》。見《み》つからないように注意深《ちゅういぶか》くあとを尾《つ》けながら、章吾《しょうご》は深《ふか》くため息《いき》を吐《つ》いた。

「……やっぱり、トランプやってる場合《ばあい》じゃなかったじゃねぇか……」


章吾《しょうご》が異変《いへん》に気《き》づいたのは、バスが学校《がっこう》に帰《かえ》り着《つ》き、エンジンを止《と》めたときだった。トランプをおいてふと車内《しゃない》を見《み》まわしたときには、もうおそかった。光《ひかり》のない目《め》をした生徒《せいと》たちが、いっせいにおそいかかってきた。

章吾《しょうご》はとっさに窓《まど》から外《そと》へころがりでて逃《のが》れた。和也《かずや》と孝司《こうじ》は間《ま》にあわなかった。集合《しゅうごう》していく生徒《せいと》たちのあとを尾《つ》け、体育館《たいいくかん》に忍《しの》びこみ、様子《ようす》をうかがっていたのだ。あとからはいってきた大翔《ひろと》たちが追《お》いつめられるのを見《み》て、とっさに電気《でんき》を消《け》したというわけだった。

宮原葵《みやはらあおい》まで体育館《たいいくかん》にひそんでいたとは、気《き》づいていなかったけれど。

（あいつら、無事《ぶじ》に逃《に》げただろうな……？）

先生《せんせい》たちのあとを尾《つ》けながら、章吾《しょうご》は気《き》にかかった。なんとか逃《に》げて、かくれていればいいが。

（さて、どうするか……）

とりかこまれて歩《ある》く、和也《かずや》と孝司《こうじ》。

2人《ふたり》は囚人《しゅうじん》のように、うしろ手《で》に縄跳《なわと》びで縛《しば》られている。顔《かお》をうつむかせ、表情《ひょうじょう》は見《み》えない。

力《ちから》ずくでやれないことはないと思《おも》う。ケンカで負《ま》けたことはない。けど、先生《せんせい》たちのガードがひっかかる。四方《しほう》から和也《かずや》たちをかこみ、周囲《しゅうい》の気配《けはい》をうかがっている。

（これは、やっぱり……）

『マモナク、処刑《しょけい》ヲ開始《かいし》シマス』

先生《せんせい》たちが声《こえ》をはりあげた。

あたりへむかって、大声《おおごえ》で呼《よ》びかける。

『捕《つか》マッタ子供《こども》タチ——関本和也《せきもとかずや》、伊藤孝司《いとうこうじ》ノ処刑《しょけい》ヲ、盛大《せいだい》ニオコナイタイト思《おも》イマス。興味《きょうみ》ノアルカタハ、プールサイドマデ、オ集《あつ》マリクダサイ』

のろのろとプールのほうへ歩《ある》いていく。

校庭《こうてい》の生徒《せいと》たちは気《き》にした様子《ようす》もなく、見張《みは》りと探索《たんさく》をつづけている。

（……まあ、完全《かんぜん》に罠《わな》だよな……）

生徒《せいと》たちに聞《き》かせるふりをして、かくれてる俺《おれ》たちに聞《き》かせたいのがバレバレだ。

黒鬼《くろおに》のやつの考《かんが》えそうなことだ。仲間《なかま》を助《たす》けに、俺《おれ》や大翔《ひろと》たちが、のこのこあらわれるのを待《ま》ってるってわけだ。でていけば、わんさとほかの生徒《せいと》たちが集《あつ》まってくるにちがいない。

（バーカ。そんなみえみえの罠《わな》に、ひっかかるかっつーの）

黒鬼《くろおに》のトラップには、遊園地《ゆうえんち》でさんざん手《て》こずらされた。そう何度《なんど》もひっかかってたまるか。

章吾《しょうご》はプールの裏《うら》へまわりこんだ。暗《くら》がりの林《はやし》をかけ抜《ぬ》けると、プールをかこむフェンスに足《あし》をかけてのぼった。こっちは死角《しかく》になっていて、見《み》つかりにくいのだ。

なかを見《み》おろす。

プールサイドでは、子供《こども》たちがずらりと気《き》をつけをしてならんでいた。

人数《にんずう》は20以上《いじょう》。同《おな》じクラスのやつの顔《かお》もちらほらある。

見《み》ながら章吾《しょうご》は分析《ぶんせき》した。やりあって勝《か》ち目《め》があるかどうか。

章吾《しょうご》っていつも冷静《れいせい》すぎなんだよな、あわてたりしねーの？　和也《かずや》によくいわれる。近《ちか》寄《よ》りがたい……小《ちい》さいころからいわれていたが、自分《じぶん》ではよくわからない。

（……さすがに、きびしいかもな……）

章吾《しょうご》はうなった。人数《にんずう》が多《おお》すぎる。この数《かず》を相手《あいて》に1人《ひとり》はさすがにきびしい。

更衣室《こういしつ》を抜《ぬ》けて、先生《せんせい》たちがプールサイドにでてきた。

うしろにつれられた和也《かずや》と孝司《こうじ》は、相変《あいか》わらずうなだれている。ぐったりとした様子《ようす》で、顔《かお》をふせ、されるがままだ。

（なんだか、あいつらしくねぇな……）

ついさっきまで……体育館《たいいくかん》にひったてられてきたときまでは、いつもどおり、ぎゃあぎゃあとうるさくあばれまわっていたのに。

『ソレデハ処刑《しょけい》ヲ開始《かいし》シマス』

先生《せんせい》がいった。

『関本《せきもと》ト伊藤《いとう》ニハ、コノ地獄《じごく》プールニ飛《と》ビコンデモラウ』

べつの先生《せんせい》がいった。

『プールニハ、イマ、水鬼様《すいきさま》ニキテイタダイテイル』

『トテモキレイデ美《うつく》シイ姿《すがた》デ、〝天使《てんし》〟トカ〝妖精《ようせい》〟トカ、イワレテイルソウヨ』

『鬼《おに》ナノニ』

『ミンナ、呼《よ》ンデミマショウ。水鬼様《すいきさま》ー』

先生《せんせい》たちが、プールにむかって呼《よ》びかける。

………。

なにもこたえない。

章吾《しょうご》は目《め》をこらしたが、プールのなかになにかいるようには見《み》えない。

『オカシイナ……。マアイイ。関本《せきもと》、伊藤《いとう》、ソコヘナラベ』

『10数《かぞ》エタラ、プールニ飛《と》ビコメ』

『セイゼイ、ガンバッテ泳《およ》ゲ。数分《すうふん》クライナラ、長生《ながい》キデキルダロウ。ケケッ』

先生《せんせい》たちが和也《かずや》と孝司《こうじ》をひったてる。

2人《ふたり》はされるがまま、スタート台《だい》にのぼらされる。

うしろ手《で》に縛《しば》られたままおとされたりしたら、いくら小学校《しょうがっこう》のプールとはいえ、おぼれてしまう。特《とく》に孝司《こうじ》はカナヅチなのだ。

『10、9、8、7……』

「……くそっ……」

章吾《しょうご》は舌打《したう》ちした。

罠《わな》なのはわかっている。敵《てき》の人数《にんずう》も多《おお》すぎる。

冷静《れいせい》に考《かんが》えて、飛《と》びだすべきじゃない。章吾《しょうご》は冷静《れいせい》だ。

「……もうぜってぇ、おまえらとトランプなんかしねぇからな……！」

それでも章吾《しょうご》は動《うご》いた。

やっぱり、今日《きょう》はもう判断力《はんだんりょく》がにぶっているのだ。

一息《ひといき》にフェンスを乗《の》り越《こ》えると、プールサイドへ飛《と》びおりた。高《たか》さをものともせずに着《ちゃく》地《ち》し――そのまま床《ゆか》を蹴《け》った。

先手必勝《せんてひっしょう》。

先生《せんせい》たちがふりかえる、そのふところに飛《と》びこんだ。

襟《えり》をつかみ、ぐるっとプールへ投《な》げ飛《と》ばす。ごめんな、先生《せんせい》！　先生《せんせい》は水《みず》しぶきを立《た》てプールにおちた。

もう1人《ひとり》、さらに1人《ひとり》。水《みず》のなかへ投《な》げ飛《と》ばす。これ、あとで先生《せんせい》たちが正気《しょうき》にもどったら、めちゃくちゃしかられるんじゃね……この際《さい》、気《き》にしない。

「くるならきやがれっ！」

近《ちか》づいてこようとしていた生徒《せいと》たちは、章吾《しょうご》が拳《こぶし》をかまえると目《め》に見《み》えてひるんだ。

操《あやつ》られていても、もとの性格《せいかく》や記憶《きおく》が少《すこ》しはのこっているらしい。金谷章吾《かなやしょうご》に挑戦《ちょうせん》しようだなんて、身《み》のほど知《し》らずはそうはいない。

生徒《せいと》たちがひるんだすきに、章吾《しょうご》は和也《かずや》と孝司《こうじ》にかけ寄《よ》った。

「おい、逃《に》げるぞっ……」

2人《ふたり》の肩《かた》に手《て》をかけた。


『――ドコヘ』

『――逃《に》ゲルッテイウノ？』


……顔《かお》をあげた和也《かずや》と孝司《こうじ》の目《め》を見《み》た瞬間《しゅんかん》、章吾《しょうご》は自分《じぶん》で自分《じぶん》を殴《なぐ》りたくなった。

（くそ、罠《わな》、2段《だん》がまえかよ！　豪華《ごうか》だな！）

きっと章吾《しょうご》が体育館《たいいくかん》の電気《でんき》を消《け》したときだ。黒鬼《くろおに》は暗闇《くらやみ》のなかですでに、和也《かずや》たちに術《じゅつ》をかけていたのだ。

2人《ふたり》の手《て》を縛《しば》っていた縄跳《なわと》びがはずれた。章吾《しょうご》を捕《と》らえようと腕《うで》をのばしてくる。

まわりには、ずらりとほかの生徒《せいと》たち。逃《に》げ場《ば》なし。

章吾《しょうご》はとっさにプールサイドを蹴《け》った。
大《おお》きく息《いき》をすいこみながら、真《ま》っ暗《くら》な水《みず》のなかへ頭《あたま》から飛《と》びこんだ。

バッシャアアアアンッ

全身《ぜんしん》が冷《つめ》たい水《みず》につつまれた。耳《みみ》のなかに水《みず》がはいりこみ、プールサイドのざわめきが遠《とお》くなる。

目《め》をひらくと、薄暗《うすぐら》い世界《せかい》がひろがっていた。すぐさま、章吾《しょうご》はむこうのサイドへむけて泳《およ》ぎはじめた。

当然《とうぜん》、章吾《しょうご》は水泳《すいえい》だって一番《ばん》だ。水泳大会《すいえいたいかい》の金《きん》メダルも持《も》っている。手足《てあし》でなめらかに水《みず》をかき、一直線《いっちょくせん》に泳《およ》いでいく。

だが、なかなかむこうにたどり着《つ》かない。いつもなら、25メートルくらい十数秒《じゅうすうびょう》で泳《およ》げるのに。

章吾《しょうご》はあたりを見《み》まわした。

……妙《みょう》だ。

先《さき》におちたはずの先生《せんせい》たちの姿《すがた》が見《み》あたらない。

それに、25メートルプールのはずなのに……広《ひろ》すぎる。

プールの底《そこ》にひかれた線《せん》。黄色《きいろ》のコースロープ。それらが何倍《なんばい》にもひきのばされて、ずっとむこうまでつづいているのだ。

章吾《しょうご》はふと、水面《すいめん》を見《み》あげた。

……水面《すいめん》は、はるか上《うえ》にあった。

100メートル、200メートル……。深海《しんかい》から水面《すいめん》を見《み》あげる魚《さかな》の気分《きぶん》だ。

(くそ、これも罠《わな》ってわけかよ!)

これじゃ水面《すいめん》にでて息《いき》つぎもできない。

コースロープのはるかむこうに、ぼんやりと緑色《みどりいろ》の光《ひかり》が灯《とも》っている。

【EXIT《エグジット》】

非常口《ひじょうぐち》のマークだ。『EXIT《エグジット》』は英語《えいご》で、『出口《でぐち》』って意味《いみ》。

章吾《しょうご》は考《かんが》えるのをやめた。まずは呼吸《こきゅう》を確保《かくほ》するんだ。光へむかって泳《およ》ぎはじめた。

……と。

プールのなかに、見《み》なれない生《い》き物《もの》がただよっているのを見《み》つけた。

小指《こゆび》の先《さき》くらいの小《ちい》さな生《い》き物《もの》だ。

左右《さゆう》に翼《つばさ》のような足《あし》があり、頭部《とうぶ》にちょこんと二《ふた》つのでっぱりが生《は》えている。

体《からだ》はほとんど透明《とうめい》だ。頭部《とうぶ》と腹《はら》にあたる部分《ぶぶん》だけ、きれいなオレンジ色《いろ》をしている。

(これは、たしか……クリオネ?)

章吾《しょうご》はまゆをひそめた。

昔《むかし》、テレビで見《み》たことがある。『氷《こおり》の妖精《ようせい》』とか『流氷《りゅうひょう》の天使《てんし》』とか紹介《しょうかい》されていた生《い》き物《もの》で、女子《じょし》たちがキレイ、カワイイって盛《も》りあがっていた。

クリオネは、プールのなかをふわふわと、章吾《しょうご》のほうへむかってただよってきた。

いやな予感《よかん》がした。

ただよってきたクリオネの体《からだ》が……とつぜん、膨《ふく》れあがりはじめた。

ぷくううう――

まるきり風船《ふうせん》みたいだ。

拳大《こぶしだい》、ボール大《だい》、さらにみるみる膨《ふく》れあがって、章吾《しょうご》よりずっとデカくなる。

(『妖精《ようせい》』とか『天使《てんし》』とか呼《よ》ばれるクリオネですが、エサを食《た》べるときは怖《こわ》いんですよ～)

楽《たの》しそうにしゃべるテレビのナレーターの解説《かいせつ》が、耳《みみ》によみがえった。

(獲物《えもの》を見《み》つけると、まず頭《あたま》がパカッとわれるんです。怖《こわ》いでしょ～。頭《あたま》のなかに触手《しょくしゅ》があって、それを突《つ》きだして獲物《えもの》を捕《つか》まえる。死《し》ぬまでじわじわ養分《ようぶん》をすいとる。触手《しょくしゅ》の名《な》前《まえ》は……バッカルコーン)

パカッ

巨大《きょだい》クリオネ……水鬼《すいき》の頭部《とうぶ》が、くす玉《だま》みたいにパカリとわれた。

なかから6本《ぽん》、触手《しょくしゅ》がのびた。するどいヤリにしか見《み》えなかった。

ドリルのように全身《ぜんしん》をグルグルとまわす。バッカルコーンを突《つ》きだしながら、水鬼《すいき》が水《すい》中《ちゅう》を飛《と》びかかってくる。

(名前《なまえ》のひびきがいいでしょ。バッカルコーン!)

うるせえ!

章吾《しょうご》は強《つよ》く水《みず》を蹴《け》った。

間一髪《かんいっぱつ》、水鬼《すいき》の突撃《とつげき》をかわした。

あわてて動《うご》いた拍子《ひょうし》に、酸素《さんそ》を失《うしな》う。まずい。

長《なが》くはもたない。はやく出口《でぐち》へ。

水鬼《すいき》は水中《すいちゅう》を突《つ》きすすんでいく。急《きゅう》な方向転換《ほうこうてんかん》はできないらしい。大《おお》きく弧《こ》を描《えが》いて、Uターン《ユー》。

章吾《しょうご》は全速力《ぜんそくりょく》で泳《およ》いだ。【EXIT《エグジット》】のほうへ、一直線《いっちょくせん》に。二度《ど》、水鬼《すいき》の突撃《とつげき》をかわした。そのたび息《いき》が苦《くる》しくなる。

30メートル、40メートル、50メートル……息《いき》が苦《くる》しい。いそげ、いそげ……。

なんとかはしまでたどり着《つ》いた。

プールの壁面《へきめん》で、緑色《みどりいろ》の非常灯《ひじょうとう》が明《あ》かりを灯《とも》している。

だが、肝心《かんじん》の出口《でぐち》が見《み》あたらない。

（どこだ……!?　出口《でぐち》……！）

章吾《しょうご》はあせって、まわりの壁《かべ》をさがした。EXIT《エグジット》。どこかに出口《でぐち》があるはずだ。でも見《み》つからない。

ふと、【EXIT《エグジット》】のランプの脇《わき》に、小《ちい》さく文字《もじ》が書《か》かれているのを見《み》つけた。

『EXIT《エグジット》　意味《いみ》1：出口《でぐち》、でていくこと』

となりに書《か》いてあった。

『意味《いみ》2：死《し》ぬこと☺』

がぼっ……。

ついに息《いき》がもたなくなり、章吾《しょうご》は水《みず》をのみこんだ。

ごぼっがぼがぼっごぼっ………。

タイムリミット。だめみたいだ。

大量《たいりょう》に水《みず》をのみこみながら、意識《いしき》が遠《とお》くなってくる。体《からだ》から力《ちから》が抜《ぬ》けていく。

水鬼《すいき》が突進《とっしん》してくるのが見《み》える。もうかわせない。喰《く》われる……。

（まぁ……しかたねえか……）

章吾《しょうご》はそれを、受《う》けいれた。


だれにもいったことがないけれど、金谷章吾《かなやしょうご》は、死《し》ぬことがべつに怖《こわ》くなかった。

だって小《ちい》さいころから毎日《まいにち》、母《かあ》さんのお見舞《みま》いに訪《おとず》れる病院《びょういん》で、人《ひと》の死《し》をたくさん見《み》てきたからだ。

人《ひと》は死《し》ぬんだ。逃《のが》れられない病気《びょうき》や事故《じこ》で。逃《に》げられるだけ、鬼《おに》のほうがずっとマシだ。

——人生《じんせい》には、どうにもならないことがあるんだ。

母《かあ》さんのお見舞《みま》いに通《かよ》いながら、いつのころからか、章吾《しょうご》はそう思《おも》うようになった。

どうしたって変《か》えられないものがある。どんなにがんばったって、叶《かな》わないことがある。

人《ひと》の手《て》にはどうしようもない、運命《うんめい》ってやつがある。

それは受《う》けいれるしかないものだと、小学生《しょうがくせい》にして章吾《しょうご》は悟《さと》っていた。

（つぎは勝《か》つからな！）

大翔《ひろと》の顔《かお》が頭《あたま》をよぎった。

あれは6年《ねん》になってすぐの体育《たいいく》の時間《じかん》。100メートル走《そう》をやったときだ。章吾《しょうご》に完敗《かんぱい》したあと、くやしげにそういってにらんできたのが、2組《くみ》の大場大翔《おおばひろと》だった。

章吾《しょうご》は、こいつバカだ、と思《おも》った。俺《おれ》に挑戦《ちょうせん》してくるなんて。金谷《かなや》にはぜったいかなわない……ほかのみんなは、小《しょう》6にもなればちゃんとわかってたのに。

世《よ》の中《なか》には、どんなにがんばっても、変《か》えられないことがあるってことを。

大翔《ひろと》は挑《いど》みつづけてきた。みるみるタイムをちぢめてきた。

数《すう》ヶ月後《かげつご》、ついに100メートル走《そう》で章吾《しょうご》を下《くだ》すと、ぼうぜんとする章吾《しょうご》にむけて、得《とく》意《い》げにV《ヴィ》サインしていったのだ。

（へへ。これでおれの〝1勝《しょう》〟な！）

——うるせえ。〝1勝《しょう》6敗《ぱい》〟だろうが。〝敗《はい》〟を忘《わす》れんなバカ。

章吾《しょうご》は目《め》をあけた。

わずかな酸素《さんそ》を肺《はい》に送《おく》りこんだ。手足《てあし》に力《ちから》を送《おく》りこむ。もう数秒《すうびょう》だけ、もつはずだ。ふりかえって水鬼《すいき》をにらみつけた。

触手《しょくしゅ》を突《つ》きだし、ドリルのように回転《かいてん》しながら、水鬼《すいき》がこちらへむかってくる。ミサイルのような突進力《とっしんりょく》。

章吾《しょうご》は、非常灯《ひじょうとう》を背《せ》にかまえをとった。

とびらがなければ作《つく》ればいい。

イチか、バチか。勝負《しょうぶ》だ。

一直線《いっちょくせん》に迫《せま》ってくる水鬼《すいき》を、ギリギリまでひき寄《よ》せ——章吾《しょうご》は水《みず》を蹴《け》った。

2

校舎《こうしゃ》のなかはしずまりかえって、物音一《ものおとひと》つしなかった。

校舎《こうしゃ》1階西棟《かいにしとう》。校長室《こうちょうしつ》は、長《なが》くのびた廊下《ろうか》の奥《おく》にある。

「なんとかここまできたけど……さて、どうするつもり？」

葵《あおい》が木《き》の枝《えだ》を両手《りょうて》にかまえたままいう。校舎《こうしゃ》に潜入《せんにゅう》するのに中庭《なかにわ》をとおったとき、迷彩《めいさい》に、と使《つか》ったのだが、よくこれでとおり抜《ぬ》けられたなと思《おも》う。

「当然《とうぜん》、黒鬼《くろおに》をやっつける」

大翔《ひろと》はバットをにぎりしめ、廊下《ろうか》のむこうをにらみつけた。

「でも、相手《あいて》は鬼《おに》だよ。まあ、牛頭鬼《ごずき》や馬頭鬼《ばずき》や赤鬼《あかおに》ほど、強《つよ》そうではなかったけどさ。どうやってやっつける？」

モップをかまえて、悠《ゆう》がいう。

「弱点《じゃくてん》を狙《ねら》うんだ」

「弱点《じゃくてん》？」

「ツノだよ。前《まえ》、ツノウサギ、ツノをたたかれるのをいやがってたっていったろ？　それに赤鬼《あかおに》は、ツノにお守《まも》りを突《つ》きつけてやったら消《き》えてった」

大翔《ひろと》は自分《じぶん》の額《ひたい》を指《ゆび》さしてみせた。

「事例《じれい》が少《すく》なすぎるわ。それだけでツノを弱点《じゃくてん》といいきるのは、危険《きけん》よ」

葵《あおい》がむずかしい顔《かお》をして考《かんが》えこんでいる。

「まずはおれが様子《ようす》を見《み》てくる」

大翔《ひろと》はバットを右手《みぎて》でにぎりしめ、左手《ひだりて》でポケットを確認《かくにん》した。ポケットには、以前《いぜん》赤《あか》鬼《おに》を撃退《げきたい》したお守《まも》りがはいっている。

「やつのことだから、罠《わな》かもしれない。3人《にん》まとめてはさみ撃《う》ち食《く》らったら終《お》わりだ。偵《てい》察《さつ》してくる」

「でも、ヒロト……」

「すぐにもどるよ」

2人《ふたり》にうなずきかけると、大翔《ひろと》は廊下《ろうか》を進《すす》んでいった。

廊下《ろうか》の左右《さゆう》には、1年《ねん》1組《くみ》、2組《くみ》、3組《くみ》、4組《くみ》の各教室《かくきょうしつ》。資料室《しりょうしつ》に職員室《しょくいんしつ》、教職員用《きょうしょくいんよう》トイレがならんでいる。

とおりすぎる部屋《へや》の気配《けはい》を、一《ひと》つ一《ひと》つ確認《かくにん》していった。……生徒《せいと》はいない。みんな、校庭《こうてい》にでているみたいだ。

校長室《こうちょうしつ》の前《まえ》にたどりついた。

むこうで心配《しんぱい》そうに見守《みまも》っている悠《ゆう》と葵《あおい》に、うなずきかける。

『校長室《こうちょうしつ》』とプレートがかかった分厚《ぶあつ》いドアに、耳《みみ》をあてた。音《おと》は聞《き》こえない。

ノブに手《て》をかけた。カギはかかっていなかった。

ゆっくりとあけて、なかをのぞきこんだ。

(……え?)

大翔《ひろと》は一瞬《いっしゅん》、混乱《こんらん》した。

校長室《こうちょうしつ》のなかに……広大《こうだい》な大地《だいち》がひろがっていたからだ。

地平線《ちへいせん》の果《は》てまでどこまでもひろがる、荒《あ》れた灰色《はいいろ》の大地《だいち》。

血《ち》のように真《ま》っ赤《か》に染《そ》まった空《そら》。黒《くろ》く渦《うず》を巻《ま》いた雲《くも》。うなりをあげる風《かぜ》。

……どう考《かんが》えても、校長室《こうちょうしつ》のなかじゃありえない。

はいっちゃだめだ、と直感的《ちょっかんてき》にわかった。人間《にんげん》のはいる世界《せかい》じゃない。

それでも大翔《ひろと》はノブをつかんだまま、慎重《しんちょう》にドアをもう少《すこ》しだけあけた。

むこうに、無数《むすう》の墓石《はかいし》が立《た》ちならんでいた。何百《なんびゃく》、何千《なんぜん》、何万《なんまん》と。

その墓場《はかば》の真《ま》ん中《なか》に、大《おお》きなテーブルがおかれていた。真《ま》っ赤《か》なテーブルクロスがかけられている。

テーブルには、無数《むすう》のガイコツたちが席《せき》に着《つ》いていた。首《くび》から白《しろ》いナプキンをかけ、ナイフとフォークを骨《ほね》の手《て》で持《も》ち、カチャカチャさせている。冗談《じょうだん》のような光景《こうけい》だ。

その中央《ちゅうおう》に、杉下先生《すぎしたせんせい》――黒鬼《くろおに》は腰《こし》かけていた。

異形《いぎょう》の姿《すがた》だった。

顔《かお》の皮膚《ひふ》は漆黒《しっこく》。ヘビのような赤《あか》い模様《もよう》がはいっている。

太《ふと》い腕《うで》。左手《ひだりて》の先《さき》には、するどい鉤爪《かぎづめ》。

……完全《かんぜん》に化《ば》け物《もの》の姿《すがた》だ。大翔《ひろと》はつばをのみこんだ。

黒鬼《くろおに》の前《まえ》には、ナイフとフォーク、それにたくさんの皿《さら》がならべられていた。

ガイコツが1匹《ぴき》、配膳台《はいぜんだい》をひいてくる。黒鬼《くろおに》にむかって一礼《いちれい》すると、グラスになみなみと赤《あか》ワインをそそいだ。

黒鬼《くろおに》はワインを口《くち》にふくんで笑《わら》っている。

ガイコツたちもグラスを口《くち》にあて、かたむける。骨《ほね》だらけの空《から》っぽの体《からだ》を、ワインがびちゃびちゃと素《す》どおりしておちていく。

荒《あ》れ果《は》てた大地《だいち》でくりひろげられる晩餐会《ばんさんかい》。

息《いき》を止《と》めて見《み》つめる大翔《ひろと》の手《て》もとで……ドアノブがぐにゃっとゼリーのように溶《と》けた。

(え……?)

見《み》ると、ノブが手《て》のような形《かたち》に変形《へんけい》し、大翔《ひろと》の手《て》をがっちりとつかんでいる。

そのまま、ドアが勢《いきお》いよくなかへひらいた。

大翔《ひろと》の体《からだ》は強引《ごういん》に、灰《はい》の大地《だいち》にほうりだされた。

――バタン

ドアが閉《し》まった。ノブももとの形《かたち》にもどる。

あわててノブに手《て》をかけようとした。ノブがまた変形《へんけい》し、無数《むすう》の針《はり》を生《は》やした。大翔《ひろと》はあわてて手《て》をひっこめた。

「大翔《ひろと》！　どうしたの！」

「ヒロト！　あけて！」

ドアのむこうから、葵《あおい》と悠《ゆう》の声《こえ》がひびいた。ドンドン、とドアをたたいてゆする音《おと》。

見《み》あげると、ドアのプレートに書《か》かれた文字《もじ》が変《か》わっていた。『地獄《じごく》』。大翔《ひろと》はつばをのんだ。

「——わあ、おいしそう！」

黒鬼《くろおに》の声《こえ》に、あわててふりかえった。

皿《さら》の上《うえ》にハンバーグが配膳《はいぜん》されていた。ジュウジュウと音《おと》を立《た》て、油《あぶら》をはねさせている。

黒鬼《くろおに》は丁寧《ていねい》にハンバーグをきりわけて口《くち》へ運《はこ》んだ。満足《まんぞく》そうにナプキンで口《くち》もとをぬぐう。

「素材《そざい》がいいね。どこ産《さん》の肉《にく》？」

大翔《ひろと》は、バットをにぎりしめた。
気《き》づかれていない。チャンスはいましかない。
やつをやっつけるんだ。
大翔《ひろと》はかけだした。墓地《ぼち》へ踏《ふ》みこみ、一直線《いっちょくせん》に走《はし》っていく。
バットをふりかぶり、黒鬼《くろおに》へ飛《と》びかかった。
黒鬼《くろおに》は優雅《ゆうが》にスープをすくっている。
そのツノめがけて……横《よこ》あいからバットをたたきつけた。
「でやあああっ！」

——パキン

……軽《かる》い感触《かんしょく》とともに、バットは空《くう》をきった。
大翔《ひろと》は目《め》を見《み》ひらいた。
黒鬼《くろおに》は、音《おと》も立《た》てずにスープをすすりつづけている。まるいブヨブヨとした具《ぐ》を、うまそうにかみしめた。

「これも、おいしい。かみ心地《ごこち》が絶妙《ぜつみょう》だ。弾力《だんりょく》がある。視力《しりょく》、よかったんだろうね」

大翔《ひろと》は自分《じぶん》の手《て》もとを見《み》おろした。

バットがへし折《お》れている。

黒鬼《くろおに》のツノにあてたはずの先端部分《せんたんぶぶん》が、炭《すみ》のように黒《くろ》く、もろくなって、ボロボロと崩《くず》れおちている。

「サラダはどうかな？」

黒鬼《くろおに》はサラダへフォークをのばした。

よく見《み》ると、そのサラダに使《つか》われた野菜《やさい》は変《へん》だった。

目玉《めだま》と口《くち》のような穴《あな》があき、奇声《きせい》を発《はっ》しているのだ。

フォークを突《つ》きさすと、一際甲高《ひときわかんだか》い声《こえ》で悲鳴《ひめい》をあげた。大翔《ひろと》は耳《みみ》をふさいだ。

大翔《ひろと》はバットをほうりすてると、ポケットからお守《まも》りをとりだした。

黒鬼《くろおに》の額《ひたい》へむかって、勢《いきお》いよく突《つ》きだした。

「うおおおっ！」

——ボッ

ツノにあたる瞬間《しゅんかん》、お守《まも》りは火花《ひばな》を散《ち》らした。

青《あお》い炎《ほのお》をあげてメラメラと燃《も》えあがる。一瞬《いっしゅん》にして燃《も》えつきた。

パラパラと粉《こな》になって、大翔《ひろと》の指《ゆび》のすきまからこぼれおちた。

「サラダもおいしいな。採《と》れたて新鮮《しんせん》だ。ちょっとうるさいけどね」

ぼうぜんとする大翔《ひろと》にかまわず、黒鬼《くろおに》は、奇声《きせい》をあげる野菜《やさい》をガリガリとかみちぎっている。

ふと見《み》やると、スープにうかんだブヨブヨとした具《ぐ》が、くるんとひっくりかえって大翔《ひろと》を見《み》た。

大翔《ひろと》は、うっ、と口《くち》もとを押《お》さえた。酸《す》っぱいものがこみあげてくる。

スープのなかにはいっていたのは、生《い》き物《もの》の目玉《めだま》だった。じっと大翔《ひろと》を見《み》つめている。

血《ち》のように赤《あか》いワイン。肉塊《にくかい》のハンバーグ。目玉《めだま》のスープ。奇声《きせい》をあげるサラダ。

「どれもおいしいね。ねえ？　みんな」

黒鬼《くろおに》が満足《まんぞく》そうにニコニコと笑《わら》うと、ガイコツたちもカタカタと骨《ほね》をゆらして笑《わら》った。

「大翔《ひろと》くんは、どうする？　食《た》べる？」

黒鬼《くろおに》は、そこではじめて気《き》づいたみたいに、大翔《ひろと》へ顔《かお》をむけた。

「それとも食《た》べる前《まえ》に、ボクをやっつける？」

トン、トン、と自分《じぶん》の額《ひたい》のツノをたたく。

「狙《ねら》っていいよ。いくらでも。さあ、どうぞ。さあ」

ニコニコ笑《わら》って額《ひたい》を突《つ》きだしてくる。

大翔《ひろと》は、じりじりとあとずさりした。

なぜだか、ゲームを思《おも》いだした。黒鬼《くろおに》の顔《かお》が、この前遊《まえあそ》んだゲームにでてきた、どうしてもたおせないボスキャラに重《かさ》なって見《み》えた。

なにをやってもたおせない。ダメージを与《あた》えられない。強《つよ》すぎる。勝《か》てねえよ。

──弱点《じゃくてん》はどこなんだ？

「残念《ざんねん》だったね」

大翔《ひろと》の胸《むね》の内《うち》を見透《みす》かすように、黒鬼《くろおに》はニッと笑《わら》った。

「ほかの鬼《おに》ならいざ知《し》らず、ボクにはないんだよ。……〝弱点《じゃくてん》〟なんて」

「…………」

「ボクは、無敵《むてき》なんだ」

黒鬼《くろおに》は、ニヤッと笑《わら》って大翔《ひろと》の顔《かお》をのぞきこんだ。

（……い、いったんひいて、みんなと、作戦《さくせん》を……）

大翔《ひろと》は弾《はじ》かれるように地面《じめん》を蹴《け》った。背中《せなか》をむけて、逃《に》げだした。

走《はし》っていく大翔《ひろと》にかまわず、黒鬼《くろおに》は行儀《ぎょうぎ》よくナプキンで口《くち》もとをぬぐった。

だれにともなく問《と》いかけた。

「料理《りょうり》、おいしかった。……さて、メインディッシュはなにかな？」

――ガシッ

とつぜん、なにかに足首《あしくび》をつかまれて、大翔《ひろと》は地面《じめん》にたおれこんだ。

見《み》ると、地面《じめん》のなかから子供《こども》の腕《うで》がのびている。

這《は》いだしてくる。墓場《はかば》からよみがえった亡者《もうじゃ》みたいに。

『……大翔《ひろと》クン、捕《つか》マエタァ』

穴《あな》のような目《め》で大翔《ひろと》を見《み》つめてケタケタ笑《わら》った。大翔《ひろと》ははずそうともがいた。

――ボコッ、ボコッ

土《つち》のなかからさらに手《て》がのびてきた。まるでそういう形《かたち》の植物《しょくぶつ》みたいにつぎつぎと。

『大翔《ひろと》クン、捕《つか》マエタァ』

『捕《つか》マエタァ、捕《つか》マエタァ』

腕《うで》をつかまれる。足《あし》をつかまれる。髪《かみ》をつかまれる。

逃《のが》れようともがいたが、ムダだった。気《き》づけば大翔《ひろと》は十数人《じゅうすうにん》のオニたちにとりかこまれて、もみくちゃにされながら地面《じめん》をひきずられていった。

持《も》ちあげられ、テーブルの上《うえ》にころがされる。

「今日《きょう》のメインディッシュがなにか、知《し》りたいかい？」

黒鬼《くろおに》がテーブルに頬杖《ほおづえ》をつき、目《め》を糸《いと》のようにほそめて大翔《ひろと》を見《み》おろしていた。

「それはねぇ……なんと！　小学生《しょうがくせい》のお肉《にく》なんだって。桜ヶ島産《さくらがじまさん》の12年物《ねんもの》の男《おとこ》の子《こ》。おいしそうだよねぇ。そう思《おも》わない？」

大翔《ひろと》はもがいた。腕《うで》も足《あし》も押《お》さえつけられ、びくともしない。

「どうやって食《た》べようか。やっぱり、こんがりと焼《や》いて？」

黒鬼《くろおに》がいうと、ガイコツが鉄板《てっぱん》をさしだした。人《ひと》1人《ひとり》乗《の》せられるような、巨大《きょだい》な鉄板《てっぱん》だ。真《ま》っ赤《か》に焼《や》けて、空気《くうき》がゆらゆらとゆらめいている。

「焼《や》こう。皮《かわ》がただれてめくれるまで」

黒鬼《くろおに》が指《ゆび》を弾《はじ》いた。オニたちが大翔《ひろと》の右腕《みぎうで》をつかむと、ムリやり鉄板《てっぱん》に押《お》しつけた。手《て》のひらからひじまで、べったりと押《お》しあてられる。

大翔《ひろと》は大声《おおごえ》でわめいた。

「それともお刺身《さしみ》？　生《い》きたまま、かっさばく？」

黒鬼《くろおに》が指《ゆび》を弾《はじ》くと、いつの間《ま》にかテーブルの上《うえ》に、刺身包丁《さしみぼうちょう》がならんでいる。大翔《ひろと》の下《した》

はまな板《いた》になっている。

オニたちが包丁《ほうちょう》を手《て》にとった。

全員《ぜんいん》、大翔《ひろと》へむけてふりおろした。

「……なんちゃって。冗談《じょうだん》だってば。大翔《ひろと》は絶叫《ぜっきょう》した。

嘘《うそ》だよ、嘘《うそ》。鉄板《てっぱん》はちっとも熱《あつ》くなってないし、包《ほう》丁《ちょう》はおもちゃだよ」

包丁《ほうちょう》が大翔《ひろと》の体《からだ》のまわりに、昆虫標本《こんちゅうひょうほん》のように突《つ》きたっている。

ガクガクとふるえる大翔《ひろと》を見《み》おろし、黒鬼《くろおに》は朗《ほが》らかに笑《わら》いかけた。

「ほんの腹《はら》いせさ。だいじょうぶ。もう気《き》はすんだから。……ふふ、なんて顔《かお》してるのさ」

「…………」

「先生《せんせい》がひどいことするわけないだろ？　大事《だいじ》なダイジな生徒《せいと》だもの。苦《くる》しめるようなことしないよ」

包丁《ほうちょう》がボロボロと土《つち》くれに還《かえ》っていく。鉄板《てっぱん》が溶《と》けるように消《き》え去《さ》った。

大翔《ひろと》は、ほっと息《いき》を吐《つ》いた。

その耳《みみ》もとで、黒鬼《くろおに》はニッコリささやいた。

「――頭《あたま》から一《ひと》かみで喰《く》ってあげるって。苦《くる》しむヒマなんてないよ」

間髪《かんぱつ》いれず、ガシリと大翔《ひろと》の頭《あたま》をつかんだ。

軽々《かるがる》と体《からだ》を持《も》ちあげていく。

口《くち》をひらいた。

顔《かお》の皮膚《ひふ》がパクリと裂《さ》けるように、巨大《きょだい》な口《くち》。

なかにはするどい牙《きば》と、肉《にく》のこびりカス。

口《くち》のなかから声《こえ》がもれだしてくる。黒鬼《くろおに》の声《こえ》じゃない。うめき声《ごえ》。すすり泣《な》き。苦鳴《くめい》。

悲鳴《ひめい》。黒鬼《くろおに》に喰《く》われた人間《にんげん》たちの呪《のろ》いの声《こえ》だ。

……大翔《ひろと》は気《き》を失《うしな》った。

もがいていた手足《てあし》が、だらり、と垂《た》れおちる。

「キミもこのなかの1人《ひとり》になるんだ。ボクの腹《はら》のなかで、永遠《えいえん》に世《よ》を呪《のろ》いつづける」

力《ちから》の抜《ぬ》けた大翔《ひろと》の頭《あたま》を、口《くち》へ持《も》っていく。

「いただきま………ん？」

黒鬼《くろおに》は、ふと気《き》づいたように空《そら》を見《み》あげた。

あたりにはべつになにもない。
だが黒鬼《くろおに》は注意深《ちゅういぶか》く、なにかをさがすように周囲《しゅうい》を見《み》まわす。
……あった。
宙《ちゅう》に、ぼんやりと緑色《みどりいろ》の光《ひかり》があらわれていた。
【EXIT《エグジット》】
非常灯《ひじょうとう》の光《ひかり》だ。その下《した》に、『地獄《じごく》プール』とプレートのさがったドア。

ドズンッ

はげしく、ドアがゆれた。
巨大《きょだい》なヤリのような触手《しょくしゅ》が6本《ぽん》、突《つ》きささったのだ。

メリ、メリメリッ……

ドアに亀裂《きれつ》が走《はし》っていく。ドアがきしみ、悲鳴《ひめい》をあげている。
ノブがグニャリと変形《へんけい》し、『SOS《エスオーエス》』を形作《かたちづく》った。
それから、パンッと音《おと》を立《た》てて弾《はじ》けた。
「あらら。さすが章吾《しょうご》くんだね。……あの出口《でぐち》をあけちゃうなんて」
黒鬼《くろおに》が笑《わら》った。
つぎの瞬間《しゅんかん》ドアがぶっこわれながら、大《おお》びらきになった。
ダムが決壊《けっかい》したように、大量《たいりょう》の水《みず》が噴《ふ》きだした。
巨大《きょだい》クリオネがなだれこむ。
それと同時《どうじ》に、声《こえ》がひびいた。

「どっっせえええええええええっい！」

金谷章吾《かなやしょうご》が、水鬼《すいき》に乗《の》って、黒鬼《くろおに》にむかって突進《とっしん》してきた。
水鬼《すいき》がヤリのような触手《しょくしゅ》を突《つ》きだしながら、一直線《いっちょくせん》に、黒鬼《くろおに》にむかってくる。

黒鬼《くろおに》はとっさに大翔《ひろと》をほうりだした。拳《こぶし》を固《かた》め、水鬼《すいき》をなぎ払《はら》う。

水鬼《すいき》の巨体《きょたい》が宙《ちゅう》を舞《ま》った。大地《だいち》に墜落《ついらく》する。

その寸前《すんぜん》に、章吾《しょうご》は水鬼《すいき》から飛《と》びおりていた。大翔《ひろと》の体《からだ》をキャッチして、地面《じめん》の上《うえ》をごろごろところがる。

げほげほとはげしく咳《せ》きこみながら、立《た》ちあがり、あたりを見《み》まわした。

「金谷《かなや》くん！　こっち！」

声《こえ》がひびいた。桜井悠《さくらいゆう》だ。

部屋《へや》の入《い》り口《ぐち》のドアにとりつき、必死《ひっし》になにかしながらさけんでいる。ドアをくすぐっているのだ。

ドアが悠《ゆう》にくすぐられ、苦《くる》しそうにバッタバッタと開《あ》け閉《し》めをくりかえしている。

「もうっ、なにがなんだか！」

宮原葵《みやはらあおい》が、やぶれかぶれみたいに消火器《しょうかき》のホースをむけた。

勢《いきお》いよく白《しろ》い煙《けむり》が噴《ふ》きだした。

オニたちが戸惑《とまど》うような声《こえ》をあげる。ガイコツたちは水《みず》に流《なが》されてバラバラになってい

た。巨大《きょだい》クリオネが大地《だいち》に打《う》ちあげられてビチビチとはねている。

章吾《しょうご》はだめ押《お》しにテーブルを蹴《け》りあげた。

「いったんひくぞっ！」

乗《の》せられていた食器《しょっき》がぶちまけられ、オニたちが悲鳴《ひめい》をあげる。

そのすきに、大翔《ひろと》の肩《かた》に手《て》をかけて、章吾《しょうご》は一目散《いちもくさん》にかけていく。

「ぜったいこっちが勝《か》つからな！　覚《おぼ》えとけ！」

——バタン

ドアの閉《し》まる音《おと》がひびいた。

充満《じゅうまん》していた白煙《はくえん》が晴《は》れたときには、４人《にん》の姿《すがた》はなくなっていた。

「……ふふ。おもしろいことをいうね。勝《か》つ、だって？」

黒鬼《くろおに》は笑《わら》って指《ゆび》を弾《はじ》いた。

どこまでもつづく灰色《はいいろ》の大地《だいち》が——ぼんやりとゆがんだ。まるで雨《あめ》に溶《と》けおちる絵《え》の具《ぐ》みたいに、消《き》えていく。

あとにのこったのは、ただの校長室《こうちょうしつ》だった。ガイコツもない。水鬼《すいき》もいない。光《ひかり》のない目《め》をした生徒《せいと》たちが、壁際《かべぎわ》にならんで立《た》っているだけだ。

「『子供《こども》は、黒鬼《くろおに》をやっつければ勝《か》ち』。あんなルール、嘘《うそ》にきまってるじゃない。子供《こども》は鬼《おに》をたおせないんだから」

焼《や》ききれたバット。

灰《はい》になったお守《まも》り。

それらを足《あし》で踏《ふ》みつぶすと、黒鬼《くろおに》はニヤリと笑《わら》った。

「この鬼《おに》ごっこはただの狩《か》り。……キミらに勝《か》ちなんて、もとからないんだ」

間章《かんしょう》

「こんなおそい時間《じかん》まで、いったいどうなっているんですか！」

小学校《しょうがっこう》のそばまでやってくると、怒《おこ》ったような声《こえ》が聞《き》こえてきた。

大場《おおば》・桜井《さくらい》・宮原《みやはら》……3人《にん》の親《おや》たちは、顔《かお》を見《み》あわせた。

我《わ》が子《こ》にビシッといってやる——鼻息荒《はないきあら》く小学校《しょうがっこう》までやってきたのだが、どうも様子《ようす》がヘンだ。

校門前《こうもんまえ》には、なかなか帰《かえ》ってこない子供《こども》たちを心配《しんぱい》して、すでに何人《なんにん》もの親《おや》たちが集《あつ》まっていた。校長先生《こうちょうせんせい》と、押《お》し問答《もんどう》をしているようだ。

「……どうしたんです？」

「大場《おおば》さん、聞《き》いてください！　校長先生《こうちょうせんせい》、なかなか子供《こども》たちを帰《かえ》してくれないんですよ！」

「もう学校《がっこう》にはもどってきてるらしいのに！」

親《おや》たちが、くちぐちに非難《ひなん》の声《こえ》をあげて、校門《こうもん》のむこうをにらみつける。

『……帰《かえ》リノ会《かい》ノ、最中《さいちゅう》デスノデ』

閉《と》ざされた門《もん》のむこうから、校長先生《こうちょうせんせい》がいった。

『帰《かえ》リノ会《かい》ガ終《お》ワルマデ、オ子《こ》サンタチヲ、オ帰《かえ》シスルワケニハマイリマセン』

校門《こうもん》にはカギがかけられている。

ご丁寧《ていねい》に鎖《くさり》が巻《ま》かれ、南京錠《なんきんじょう》までかけられていた。

その門《もん》を盾《たて》にするようにして、校長先生《こうちょうせんせい》、教頭先生《きょうとうせんせい》、数人《すうにん》の先生《せんせい》たちが立《た》っている。

その目《め》はなぜか、真《ま》っ暗《くら》だった。声《こえ》は抑揚《よくよう》がなく、ひどく不気味《ぶきみ》だ。

「帰《かえ》りの会《かい》って、いつになったら終《お》わるんですか」

『サア。ソレハワカリカネマス。ケケッ』

「さっき、子供《こども》たちが走《はし》りまわっていたじゃないですか。あれはいったい、なにをしてたんです？」

『鬼《おに》ゴッコデス。鬼《おに》ゴッコハ、イイモノデスヨ。ケケケッ』

「あんた、まじめに話《はな》してるのか！」

『マジメニ、話《はな》シテマスヨ。ケッケッケッ』

親《おや》たちが非難《ひなん》の声《こえ》をはりあげる。校門前《こうもんまえ》はちょっとした騒《さわ》ぎになっていた。

大翔《ひろと》のお母《かあ》さんは腕《うで》を組《く》んだ。

「なんだか様子《ようす》がおかしいわね。校長先生《こうちょうせんせい》、いつになく変《へん》だわ」

「ああいう人《ひと》、よく見《み》る気《き》がするなぁ。どこでだっけ？」

悠《ゆう》のお母《かあ》さんが首《くび》をひねっている。

「……ああ、SF《エスエフ》映画《えいが》のなかだ。エイリアンに乗《の》っとられちゃった人《ひと》って、だいたいああいう感《かん》じなのよね」

「宮原《みやはら》さんのお父《とう》さんは、どう思《おも》いますか？」

「……僕《ぼく》は、いますぐにでも葵《あおい》の顔《かお》を見《み》たくなってきました。もう12時間《じかん》以上《いじょう》、娘《むすめ》の顔《かお》を見《み》ていないんです……」

「……どうしましょうね？」

大翔《ひろと》のお母《かあ》さんは、ううむと考《かんが》えこんだ。

子供《こども》たちは、学校《がっこう》のなかにはいるようだ。夜道《よみち》を歩《ある》いているわけじゃない。
小学校《しょうがっこう》のなかにいて、危険《きけん》なことなんてあるはずがない。待《ま》っていればいいのだろう。
……けれど。
このところの大翔《ひろと》の様子《ようす》が不安《ふあん》をさそう。
ケガをして帰《かえ》ってきたり、なにかかくしごとをしていたり。
とても危険《きけん》なことに立《た》ちむかっているような。
大翔《ひろと》のお母《かあ》さんは、はあっと大《おお》きく息《いき》を吐《は》くと、ビシリと学校《がっこう》の敷地《しきち》を指《ゆび》さした。
「侵入《しんにゅう》しちゃわない？」

4 黒《くろ》鬼《おに》の弱《じゃく》点《てん》

1

3階《かい》東《ひがし》棟《とう》、図《と》書《しょ》室《しつ》。

大《ひろ》翔《と》たちはころがるように部《へ》屋《や》に飛《と》びこむと、ドアをたたき閉《し》めてカギをかけた。

ずらりと本《ほん》棚《だな》のならんだ部《へ》屋《や》の床《ゆか》にたおれこみ、ぜえぜえと息《いき》をととのえる。

ガタン……

ドアがゆれた。

しつこく追《お》いかけてきていた生徒《せいと》が、ノブにとりついてゆすっているのだ。


ガタン、ガタン！


「ど、どうしよう……！　あけられちゃうよっ！」

「本棚《ほんだな》をっ！　はやくっ！」

大翔《ひろと》たちは本棚《ほんだな》に飛《と》びついた。分厚《ぶあつ》い事典《じてん》や郷土資料《きょうどしりょう》がぎゅうぎゅうにつめこまれた、とびきり重《おも》いやつだ。

4人《にん》で力《ちから》をあわせて、ずりずりとひきずっていく。

ぴたりと寄《よ》せて、ドアをふさいだ。


ガタン…………

ゆれは収《おさ》まった。それきり、しずかになった。

4人《にん》はだまりこんだ。

「ねえ、いったい、どうすればいいの……？」

悠《ゆう》がふりかえった。涙目《なみだめ》になって、上着《うわぎ》のすそをにぎりしめている。

葵《あおい》は口《くち》をひきむすび、首《くび》をふった。章吾《しょうご》もきびしい顔《かお》をしてだまりこんだままだ。

「なんとか、外《そと》へ逃《に》げられないの……？」

「……ムリだな。こっちがなかにいるとわかって、やつら、警備《けいび》をせばめてきてやがる」

章吾《しょうご》は窓《まど》のむこうを指《ゆび》さした。

さっきまでしんとしていた校舎《こうしゃ》は、ざわめきにつつまれていた。校庭《こうてい》にでていた生徒《せいと》たちが、続々《ぞくぞく》と校舎内《こうしゃない》へはいってきているのだ。

校舎《こうしゃ》からでるには、1階《かい》の昇降口《しょうこうぐち》か中庭《なかにわ》を突破《とっぱ》しなければならない。両方《りょうほう》とも、たくさんの生徒《せいと》たちが見張《みは》りに立《た》っている。とても逃《に》げられない。

「黒鬼《くろおに》をたおして、みんなを正気《しょうき》にもどさないかぎり、脱出《だっしゅつ》はムリだ」

「でも……そんなの、ムリじゃないか……」

悠《ゆう》がふるふると首《くび》をふって、葵《あおい》を見《み》つめた。

「あんな化《ば》け物《もの》、どうやってやっつけるの……？　アオイ」

「……あたしに訊《き》かないでよ」

「どうすればいいの？　金谷《かなや》くん。なんの武器《ぶき》もないのに……」

「……俺《おれ》に訊《き》くなよ」

「………」

悠《ゆう》が大翔《ひろと》を見《み》つめた。葵《あおい》と章吾《しょうご》も。

大翔《ひろと》は奥歯《おくば》をかみしめた。

漆黒《しっこく》の体《からだ》。禍々《まがまが》しいオーラ。無敵《むてき》の、黒鬼《くろおに》の力《ちから》。

いったい、どうすればたおせるんだ……。

「キャキャッ。おこまりみたいだなぁ」

声《こえ》が聞《き》こえて、４人《にん》はふりかえった。

「まったく。鬼《おに》だからツノが弱点《じゃくてん》だなんて、ちと発想《はっそう》が短絡的《たんらくてき》だったんじゃねーの？」

図書室《としょしつ》の奥《おく》。子供《こども》たちが読書《どくしょ》に使《つか》うための、小《ちい》さな丸《まる》テーブルの上《うえ》。

ツノウサギがちょこんと、座《すわ》りこんでいた。

脇《わき》には、たくさんの本《ほん》が積《つ》まれている。絵本《えほん》、図鑑《ずかん》、教科書《きょうかしょ》、小説《しょうせつ》。

その1冊《さつ》をひざ（？）の上《うえ》に乗《の》せ、ツノウサギは気《き》のなさそうに、ぱらぱらとページをめくっていた。

「前《まえ》にもオレ様《さま》、いっただろ。鬼退治《おにたいじ》なんてムーリムリ、って。子供《こども》は鬼《おに》から逃《に》げるだけ。鬼《おに》をたおすことなんてできねーんだよ」

『うさぎとかめ』に目《め》をとおしながら、ツノウサギはバカにしたように笑《わら》う。

「それが鬼《おに》ごっこのルールってもんだ。ルールはぜったいなの」

「……おまえ、なにしてるんだよ？」

大翔《ひろと》は丸《まる》テーブルに手《て》をつき、問《と》いかけた。

ツノウサギはぺらぺらとページをめくりながらこたえた。

「待《ま》ってんだよ。おまえらが捕《つか》まんのを。あとで分《わ》け前《まえ》もらえるって、あのヤローと約束《やくそく》してるからな」

「あ、そういえば遊園地《ゆうえんち》で……」

悠《ゆう》がツノウサギを指《ゆび》さす。そーいうこと、とツノウサギはうなずいた。

「だれがオレ様《さま》に喰《く》われたい？　4人《にん》いるから、2人《ふたり》はオレ様《さま》のぶん。おまえとおまえ？　それとも、おまえとおまえ？　おいしーく喰《く》ってやるから、楽《たの》しみにしてろよう？　キャキャッ」

「……ちなみに、いま、喰《く》わなくていいのか？」

「だってどうせ逃《に》げるじゃん……」

ツノウサギはぱらぱらとページをめくると、くそ、カメごときが……と吐《は》きすてて、『うさぎとかめ』を投《な》げすてた。

それを見《み》ながら、大翔《ひろと》は考《かん》えこんだ。大翔《ひろと》たちが捕《つか》まるのを待《ま》ちながら、ヒマつぶしに読書《どくしょ》する鬼《おに》……。

ピンときた。

こいつを、突破口《とっぱこう》にするんだ。

「なあ。ちょっと教《おし》えてくれよ」

大翔《ひろと》はイスをひきだし、ツノウサギの前《まえ》に座《すわ》りこんだ。

ツノウサギは積《つ》んだ本《ほん》のなかから、『かちかちやま』を手《て》にとった。あん？　と気《き》もなく大翔《ひろと》を見《み》た。

〝餅《もち》は餅屋《もちや》〟って言葉《ことば》がある。なにごとも、その道《みち》の専門家《せんもんか》をたよれって意味《いみ》の言葉《ことば》だ。

鬼《おに》の専門家《せんもんか》は、だれだ？

それは……鬼《おに》にきまってる。

「おまえ、黒鬼《くろおに》の弱点《じゃくてん》、知《し》らないか？」

大翔《ひろと》は正面《しょうめん》から問《と》いかけた。

ツノウサギは、ぱちぱちと不思議《ふしぎ》そうにまばたきした。

それから、パアッと顔《かお》をかがやかせた。得意《とくい》そうにふんぞりかえる。

「……ふふ。やっぱ知《し》りたいよな～？」

「ああ、知《し》りたい」

「だよな～。おまえら、このままじゃあいつに喰《く》われちまうもんな～。ゼツボウ的状況《てきじょうきょう》だもんな～。知《し》りたいよな～？」

「……ああ」

「オレ様《さま》が教《おし》えてやらねーと、こまっちゃうよな～。つらいよな～？　泣《な》いちゃうよな～？」

「……………ああ」

むこうで葵《あおい》たちが肩《かた》をすくめている。

「そうか、そうか。そんなに知《し》りたいか。ならしかたねーな！　教《おし》えてやるぜ！　――――からの、あっかんべぇぇぇぇぇぇぇ～～～！」

ツノウサギは目《め》を下《した》にぐにゅーっとひっぱると、二股《ふたまた》にわれた舌《した》をベエエエと垂《た》らしてあっかんべえをした。

「…………」

大翔《ひろと》は動《どう》じなかった。

うん、と一《ひと》つうなずいて、冷静《れいせい》にツノウサギを見返《みかえ》していった。

「そんなこといわずにさ。教《おし》えてくれよ」

「いや、待《ま》って。リアクション薄《うす》くね？　せっかく溜《た》めたのに、もうちょっとガーン……ってしてくれないと、オレ様《さま》、スベったみたいじゃん」

「……みたいじゃなくて、スベったんだと思《おも》うわ」

「バレバレだったもんね」

葵《あおい》と悠《ゆう》がうんうんうなずく。

ケッ、近《ちか》ごろのガキんちょはつまんねーの——ツノウサギはため息《いき》を吐《つ》いて、また『かちかちやま』に視線《しせん》をもどした。

ページをめくりながら、

「どうして鬼《おに》のオレ様《さま》が、仲間《なかま》の弱点《じゃくてん》を教《おし》えると思《おも》うんだ？　あ？」

「…………」

「いや、仲間《なかま》だとか、思《おも》ってねーけどな。ていうか、むしろきらいだけどな、あいつは。信用《しんよう》できねーんだよね。鬼《おに》としてキライ。生理的《せいりてき》にムリ」

好《す》き放題《ほうだい》いって翼《つばさ》をすくめた。

「ま、でもな。分《わ》け前《まえ》さえきちんともらえりゃ、いいわけよ。おまえらをおいしく喰《く》えさえすれば、あいつが気《き》に食《く》わないやつでも、なんでもいい。……それにやつの弱点《じゃくてん》なんて知《し》ったところで、おまえらにゃどうしようもねーこった」

「……なんでだよ」

「何度《なんど》もいうが、子供《こども》が鬼《おに》をやっつけることはできねえからだよ」

ツノウサギはちらりと大翔《ひろと》を見《み》あげると、パタリと本《ほん》を閉《と》じた。

「子供《こども》はな」

――ガシャンッ

とつぜん、ガラスのわれる音《おと》がひびいた。

全員《ぜんいん》、びくっとしてふりかえった。

窓《まど》ガラスのむこうに数人《すうにん》、生徒《せいと》たちの姿《すがた》があった。

となりの教室《きょうしつ》から、ベランダをわたってきたのだ。窓《まど》のむこうからこちらを指《ゆび》さし、奇《き》声《せい》を発《はっ》してわめいている。手《て》にはイスを持《も》っていた。

――バリンッ

イスをたたきつけられ、窓《まど》ガラスがわれた。

「くそっ！　はいりこんでくるぞ！」

章吾《しょうご》がさけんだ。本棚《ほんだな》から分厚《ぶあつ》い事典《じてん》をとりだし、ふりかぶって投《な》げた。

狙《ねら》いは正確《せいかく》だった。われた穴《あな》から手《て》をのばしていたやつが、あわてて腕《うで》をひっこめる。

大翔《ひろと》は掃除用具入《そうじようぐい》れからホウキをとりだして投《な》げた。章吾《しょうご》はキャッチすると、あいた穴《あな》から突《つ》きだした。むこうにはヤリのように見《み》えたろう。後退《こうたい》する。

『ウウウウウウウ……』

『アアアアアアア……』

ベランダのむこうからぞろぞろと、オニと化《か》した生徒《せいと》たちが歩《ある》いてくる。どんどん集《あつ》まってきているみたいだ。

「窓《まど》をふさげっ！　はやくっ！　もたねえぞっ！」

大翔《ひろと》たちは本棚《ほんだな》に飛《と》びつき、ひきずって窓《まど》をふさいでいく。

われた窓《まど》から手《て》がのびて体《からだ》をつかんでくるのを、章吾《しょうご》がふり払《はら》った。

——ガシャンッ

——バリンッガシャンッ

ガラスのわれる音《おと》が連続《れんぞく》してひびく。破片《はへん》が床《ゆか》に飛《と》び散《ち》る。

——ガタンッガタンッ

窓際《まどぎわ》にならべた本棚《ほんだな》が、地震《じしん》のようにゆれた。ばらばらと本《ほん》が床《ゆか》にこぼれおちる。オニたちがとりつき、力《ちから》まかせにやぶろうとしているのだ。

「押《お》さえろっ！　やぶられちまうっ！」

大翔《ひろと》たちは必死《ひっし》に本棚《ほんだな》を押《お》さえつけた。悠《ゆう》がわあわあわめきながら、本棚《ほんだな》に重《おも》い本《ほん》をつめこんでいく。すきまからのびてくる手《て》を、必死《ひっし》にふり払《はら》う。

『アアアアアアアッァァァァァ……ッ』

『デテオイデエエエ！　デテオイデヨオオヨオオオオォオォ……ッ』


――ガタガタガタンッ！

――ドンドンドンドンッ！


入《い》り口《ぐち》のドアをふさいだ本棚《ほんだな》も、はげしくゆれはじめた。うめくような声《こえ》が聞《き》こえてくる。５人《にん》？　10人《にん》？　そんなもんじゃない。

オニたちの歓声《かんせい》が渦《うず》を巻《ま》き、図書室《としょしつ》を完全《かんぜん》に包囲《ほうい》していた。

部屋全体《へやぜんたい》がはげしくゆれる。まるで１匹《ぴき》の巨大《きょだい》な鬼《おに》が、図書室《としょしつ》をまるごと両手《りょうて》でつかみ、めちゃくちゃにゆらして遊《あそ》んでいるみたいだ。

ドア枠《わく》がめきめきと音《おと》を立《た》てた。やばい。大翔《ひろと》は飛《と》びこみ、背中《せなか》で本棚《ほんだな》を押《お》さえつけた。

こぼれおちた本《ほん》が、頭《あたま》の上《うえ》から降《ふ》りそそぐ。

……しばらくして、止《と》まった。

HIRO

大翔《ひろと》たちは、ぜえぜえと息《いき》を吐《つ》いた。

だれも、しゃべる気力《きりょく》もない。

「……ふふ。よくがんばりましたが、そろそろフィナーレみたいですね」

黒鬼《くろおに》の声《こえ》がひびきわたった。

ドアをへだてたすぐむこうに立《た》って、こちらの様子《ようす》をうかがって笑《わら》っているのだ。

「楽《たの》しい遊《あそ》びですよね、鬼《おに》ごっこ。特《とく》に、立《た》てこもった子供《こども》たちがひきずりだされて、1人《ひとり》1人《ひとり》鬼《おに》にはらわたを喰《く》われるところがいい。ふふ、そんな遊《あそ》びは知《し》らない？　本場《ほんば》の鬼《おに》ごっこは、そうなんですよ」

くつくつと楽《たの》しそうに笑《わら》っている。

「『黒鬼《くろおに》は、子供《こども》を全員《ぜんいん》喰《く》いつくせば勝《か》ち』。さあ、おいしく喰《く》ってあげるよ。おとなしくでてきなさい……なんていう気《き》はないよ。抵抗《ていこう》するのをひきずりだすほうがおもしろいから。全力《ぜんりょく》で抵抗《ていこう》してくださいね」

「……キャキャキャキャ。相変《あいか》わらず、性格悪《せいかくわる》いねェこいつは。鬼《おに》の鑑《かがみ》だね」

我関《われかん》せずで絵本《えほん》を読《よ》んでいたツノウサギが、チロチロと舌《した》をゆらして笑《わら》っている。

大翔《ひろと》は本棚《ほんだな》を背中《せなか》で押《お》さえたまま、ぎりぎりと奥歯《おくば》をかんだ。

どうすればいいんだ。

このままじゃ時間《じかん》の問題《もんだい》で、本棚《ほんだな》のバリケードもやぶられる。

全員《ぜんいん》、やつに喰《く》われちまう……。


……全員《ぜんいん》？


ふと気《き》がついて、大翔《ひろと》はまばたきした。

なにか、ひっかかったのだ。〝全員《ぜんいん》〟って言葉《ことば》に。

ひらめきが走《はし》った。

とっさに、大翔《ひろと》はさけんだ。

「黒鬼《くろおに》っ！　おれたち、全員《ぜんいん》、喰《く》うつもりか……っ！」

「ああ、そうだよ。1人《ひとり》も逃《に》がさない。命《いのち》ごいも受《う》けつけないよ」

黒鬼《くろおに》はドアのむこうでクククと笑《わら》った。

「全員《ぜんいん》、おまえがか？　……おまえ1人《ひとり》で、全員《ぜんいん》、喰《く》うのか？」

大翔《ひろと》は確認《かくにん》する。

「……うん？　そうだよ。まちがいなく、このボクが。1人《ひとり》で。4人《にん》も食《た》べたらおなかいっぱいだ。光栄《こうえい》だろう？　ボクの血肉《けつにく》になれるなんてさ」

黒鬼《くろおに》はこたえた。

大翔《ひろと》は、ツノウサギをじっと見《み》あげた。

聞《き》いたか？　というように、目《め》で問《と》いかける。

「……あれ？　どゆこと？」

ツノウサギは、不思議《ふしぎ》そうに首《くび》をかしげていた。

ぱちぱち目《め》をまたたくと、本《ほん》をおいてテーブルを飛《と》びおりた。

トコトコとドアのほうへ歩《ある》いてくる。

「ねえ、黒鬼《くろおに》ちゃん。オレ様《さま》の分《わ》け前《まえ》には、どいつをくれるん？」

必死《ひっし》に本棚《ほんだな》を押《お》さえつける大翔《ひろと》にかまわず、ドアのむこうに呼《よ》びかける。

「……うん？　えっと……キミはだれ？」

ツノウサギの呼《よ》びかけは、ドアのむこうの黒《くろ》鬼《おに》には予《よ》想《そう》外《がい》だったようだ。不《ふ》思《し》議《ぎ》そうに問《と》いかけた。

「オレだよ、オレ。オレだよ黒《くろ》鬼《おに》ちゃん」

「これは……詐《さ》欺《ぎ》？」

「そんなバカな。オレだって」

「ツノウサギくんか。こんなところで、なにやってるの？　読《どく》書《しょ》？」

「待《ま》ってるんだよ。あんたがガキんちょ捕《つか》まえんのを。遊《ゆう》園《えん》地《ち》で、約《やく》束《そく》したじゃん？　ごちそうしてくれるって、いったじゃん？」

黒《くろ》鬼《おに》は、しらじらしい声《こえ》でこたえた。

「……いったぁ？」

「いった」

「…………だれがぁ？」

「あんたが」

「……記《き》憶《おく》にございませんねえ……」

「政治家《せいじか》の答弁《とうべん》みたいなこというなよ！　約束《やくそく》したじゃねーか！」

「はっはっは。ツノウサギくん。地獄《じごく》に約束《やくそく》って文化《ぶんか》、なじまないと思《おも》わない？」

ドア越《ご》しに、２匹《ひき》の鬼《おに》は言《い》い争《あらそ》いをはじめた。

思《おも》ったとおりだ。鬼同士《おにどうし》の仲間意識《なかまいしき》なんて、こんなもんなんだ。

「さーて。最後《さいご》は燻《いぶ》りだしといきますかぁ」

ドアのすきまから、うっすらと白《しろ》いもやが部屋《へや》のなかへただよってきた。ベランダの窓《まど》からも。

「煙《けむり》だわ！　みんな、すわないようにして！」

大翔《ひろと》たちは口《くち》を押《お》さえて身《み》をふせた。図書室《としょしつ》のなかが、ゆっくりと白《しろ》くにごっていく。

「ガマンできなくなったら、でておいで。みんな仲《なか》よく、食《た》べてあげるからねえ」

「ねーえ！　オレ様《さま》の分《わ》け前《まえ》は!?　オレ様《さま》もおなか、ぺっこぺこ！　納豆《なっとう》ごはんしか、喰《く》ってねえんだってばぁ！」

ツノウサギがドアにむかってわめく。

黒鬼《くろおに》は無視《むし》した。ふんふんふーんと鼻歌《はなうた》が聞《き》こえてくるだけだ。

「おい、ツノウサギ……」

大翔《ひろと》は顔《かお》をあげ、声《こえ》をしぼりだした。

ずーんとおちこんでいるツノウサギに、ニヤリと笑《わら》いかける。友《とも》だちにイタズラの計画《けいかく》を持《も》ちかけるみたいな顔《かお》で。

「……な？　やつの弱点《じゃくてん》、教《おし》えたくなってきたろ……？」

「お、おまえなぁ……」

ツノウサギはあきれたように大翔《ひろと》を見《み》やった。

「教《おし》えてくれたら、ごちそうしてやる。……腕一本《うでいっぽん》だ」

大翔《ひろと》はツノウサギの口《くち》の前《まえ》に、自分《じぶん》の左腕《ひだりうで》をさしだした。

「……正気《しょうき》か？　オレ様《さま》、嘘《うそ》つくかもしんねーぞ？　ていうか鬼《おに》って基本《きほん》、嘘《うそ》つくぞ？」

ツノウサギは半眼《はんがん》で大翔《ひろと》の腕《うで》を見《み》おろした。

「そんな不確《ふたし》かな情報《じょうほう》に、てめーの腕一本《うでいっぽん》、賭《か》けんのか？」

「このままじゃ、どっちみち黒鬼《くろおに》の腹《はら》のなかだ。なら、賭《か》けるよ」

「……ま、くれんならもらうわ」

ツノウサギは、バサリと翼《つばさ》をはためかせた。

パカリと大口《おおぐち》をあけて、大翔《ひろと》の左腕《ひだりうで》に牙《きば》をあてた。

大翔《ひろと》はぎゅうっと目《め》をつぶった。カチカチ歯《は》が鳴《な》った。心臓《しんぞう》の音《おと》が耳《みみ》のすぐそばで聞《き》こえる。

窓《まど》のむこうから、ざわめきが聞《き》こえてきた。ツノウサギは舌打《したう》ちした。

「……今回《こんかい》はまけといてやる。その代《か》わり、あんにゃろう、ギャフンといわせろよ？」

大翔《ひろと》はおそるおそる目《め》をあけた。

ツノウサギは腕《うで》から牙《きば》をはなし、ベエッと舌《した》をだしていた。

それからピョコンと床《ゆか》をはねていった。

床《ゆか》に散《ち》らばったなかから、1冊《さつ》の本《ほん》をひろいあげた。

見覚《みおぼ》えのある本《ほん》だった。高学年《こうがくねん》むけの資料本《しりょうぼん》だ。えんじ色《いろ》の表紙《ひょうし》に時代《じだい》がかった筆文字《ふでもじ》で、『鬼《おに》ごっこの歴史《れきし》』と書《か》かれている。

ツノウサギはぺらぺらとページをめくった。

「教《おし》えてやるよ、やつの弱点《じゃくてん》を。やつは無敵《むてき》の鬼《おに》なんかじゃない。ま、やつ自身《じしん》は、〝そ

んなもの〟が自分《じぶん》の弱点《じゃくてん》だなんて、気《き》づいてないだろうけどな」

本《ほん》には、いろいろなことが書《か》かれている。

鬼《おに》ごっこの起源《きげん》はもともと『**ことろことろ**』といって、そのルールは現代《げんだい》のものとは少《すこ》しちがっていること。

『**鬼**《おに》』が『**子**《こ》』を捕《つか》まえるところは同《おな》じなのだが、『**鬼**《おに》』と『**子**《こ》』以外《いがい》にもう一《ひと》つ役《やく》が存《そん》在《ざい》し、それが遊《あそ》びをちがったものにしていること。

その役《やく》は……。

「……これが、黒鬼《くろおに》の弱点《じゃくてん》だ」

ツノウサギはページを大翔《ひろと》にしめし、その一文《いちぶん》を指《さ》してみせた。

まじまじと見《み》つめる大翔《ひろと》に、翼《つばさ》をすくめた。

「案外《あんがい》、チョロいもんだろ？」

「でも、ここには……」

大翔《ひろと》がいいかけた、そのときだった。

「いい加減《かげん》にしてくださいっ！」

校舎《こうしゃ》の外《そと》から、声《こえ》がひびいてきた。

2

『黒鬼様《くろおにさま》！』

『問題《もんだい》ガ発生《はっせい》シマシタ！』

関本和也《せきもとかずや》と伊藤孝司《いとうこうじ》が階段《かいだん》をかけのぼってきたとき、黒鬼《くろおに》は、上機嫌《じょうきげん》で大翔《ひろと》たちの燻《いぶ》りだしをながめているところだった。

姿《すがた》は人間《にんげん》のものにもどっている。みんなに好《す》かれる杉下先生《すぎしたせんせい》のニコニコ笑顔《えがお》で、獲物《えもの》がでてくるのを待《ま》っている。

「なんだよ、騒《さわ》がしいな。いま、いいところなのに」

『申《もう》し訳《わけ》アリマセン!』

『デスガ、至急《しきゅう》ゴ報告《ほうこく》ヲト!』

関本《せきもと》と伊藤《いとう》は、黒鬼《くろおに》の足《あし》もとにひざまずいた。どんよりと光《ひかり》のない目《め》。もはや黒鬼《くろおに》の忠《ちゅう》実《じつ》な下僕《げぼく》だ。

「なに?」

『校門前《こうもんまえ》デ、親《おや》タチガ騒《さわ》イデオリマス!』

『校長《こうちょう》ガ抑《おさ》エテイマスガ、騒《さわ》ギガ収《おさ》マリマセン!』

「……親《おや》ぁ?」

黒鬼《くろおに》はまゆをひそめた。

目《め》を閉《と》じ、そっと耳《みみ》を澄《す》ませた。黒鬼《くろおに》の聴覚《ちょうかく》は、人間《にんげん》のものよりもはるかにすぐれている。すぐに校門前《こうもんまえ》の騒《さわ》ぎをキャッチした。

——いったい何時《なんじ》だと思《おも》っているんですか! いい加減《かげん》にしてください!

——学校《がっこう》はなにを考《かんが》えているんですか! もうこれ以上《いじょう》待《ま》てません!

——話《はなし》にならない！　校長先生《こうちょうせんせい》、どいてください！　門《もん》をあけてください！

——デモ、帰《かえ》リノ会《かい》ノ最中《さいちゅう》デスノデ……。ダレモイレルナト、イワレテマスノデ……。


親《おや》たちの怒《いか》りの声《こえ》、声《こえ》、声《こえ》。

校門前《こうもんまえ》にかなりの人数《にんずう》が集《あつ》まって、校長《こうちょう》と押《お》し問答《もんどう》をしているようだ。

「……やれやれ。校長《こうちょう》の手《て》には負《お》えなそうだね」

黒鬼《くろおに》はおおげさに肩《かた》をすくめると、生徒《せいと》たちに笑《わら》いかけた。

「ちょっと鎮《しず》めてくる。すぐもどるよ。燻《いぶ》りだしをつづけておいて」

生徒《せいと》たちは廊下《ろうか》に片《かた》ひざをつき、イッテラッシャイマセ!!　と頭《こうべ》を垂《た》れた。黒鬼《くろおに》は満足《まんぞく》そうにうなずいた。関本《せきもと》と伊藤《いとう》をつれて、校門《こうもん》へむかう。

「彼《かれ》らはいったい、なにを怒《おこ》っているんだい？」

階段《かいだん》をおりながら、黒鬼《くろおに》は首《くび》をかしげた。

『門限《もんげん》ヲ、スギテルッテ。夕食《ゆうしょく》、冷《さ》メチャウッテ』

「門限《もんげん》？　ああ、巣《す》に帰《かえ》る時間制限《じかんせいげん》のこと？」

黒鬼《くろおに》はまゆをしかめた。

「キミらもあるの？」

『ウチハ6時《じ》ガ門限《もんげん》デ、オクレルト父《とう》チャンニ怒《おこ》ラレマス』

『ウチハ6時半《じはん》。ママニシカラレマス』

「……ほんと、バカらしいよね。人間《にんげん》の文化《ぶんか》って」

人間《にんげん》の、特《とく》に子供《エサ》に関《かか》わる文化《ぶんか》について、黒鬼《くろおに》は書物《しょもつ》をとおして学《まな》んだ。先生《せんせい》になりすますのに必要《ひつよう》だったからだが、どうでもいいことばかりだった。

なかでも黒鬼《くろおに》がバカらしいと思《おも》うのは、「親子《おやこ》」という概念《がいねん》だった。人間《にんげん》はその関係性《かんけいせい》を妙《みょう》に重《おも》んじ、親子《おやこ》そろって食事《しょくじ》をとったり、親子《おやこ》そろって話《はなし》をしたり、そうしたことをとても大事《だいじ》にするのだという。

黒鬼《くろおに》には理解不能《りかいふのう》だった。鬼《おに》の辞書《じしょ》に「親子《おやこ》」なんて言葉《ことば》はないのだ。

（まぁ、どうでもいいけどね）

黒鬼《くろおに》はニコニコと笑顔《えがお》を作《つく》った。人間《にんげん》の文化《ぶんか》なんて、理解《りかい》できなくても不都合《ふつごう》はない。

この笑顔《えがお》と口先《くちさき》さえあれば、どんな人間《にんげん》であっても上手《じょうず》に操《あやつ》ることができる。しょせんすべては黒鬼《くろおに》のてのひらの上《うえ》。人間《にんげん》が大事《だいじ》にすることなんて、とるにたらないことだった。

校門《こうもん》の前《まえ》には、たくさんの親《おや》たちが集《あつ》まっていた。

校長《こうちょう》がうつろな……けれどこまり果《は》てたような目《め》つきで、黒鬼《くろおに》を見《み》やっている。

「みなさん、大変《たいへん》すみません！」

黒鬼《くろおに》は、ニコニコと満面《まんめん》の笑《え》みをうかべながら、門《もん》の前《まえ》へと進《すす》みでた。口角《こうかく》よし。声《こえ》のトーンよし。集《あつ》まった観衆《かんしゅう》を前《まえ》に舞台《ぶたい》にのぼる、アイドルみたいな気分《きぶん》だった。

ニコニコと笑《わら》う黒鬼《くろおに》を、親《おや》たちはだまったままじっと見《み》つめている。

「子供《こども》たちはいま、帰《かえ》りの会《かい》で鬼《おに》ごっこの最中《さいちゅう》です。校外学習《こうがいがくしゅう》後《ご》の、学校行事《がっこうぎょうじ》なんですよ～。どうか心配《しんぱい》せず、お待《ま》ちください！　お子《こ》さんたちのことは、私《わたし》におまかせください！」

黒鬼《くろおに》は、ドン、と自分《じぶん》の胸《むね》をたたいた。

彼《かれ》には自信《じしん》があった。

先生《せんせい》として小学校《しょうがっこう》にはいりこんだこの数《すう》ヶ《か》月間《げつかん》、彼《かれ》が好感《こうかん》を持《も》たれなかったことなんて一度《ど》もなかったからだ。子供《こども》からも親《おや》からも。特《とく》に親《おや》はチョロかった。ちょっとあまいマスクに変身《へんしん》してやれば、おもしろいほど簡単《かんたん》に黒鬼《くろおに》に心酔《しんすい》する——

——ふざけないでください!

親《おや》の1人《ひとり》が、怒鳴《どな》り声《ごえ》をあげた。
するどい、斬《き》りつけるような口調《くちょう》だった。
黒鬼《くろおに》は、ぱちぱちと目《め》をまたたいて、不思議《ふしぎ》そうにまわりを見《み》まわした。
……それが自分《じぶん》にむけられた言葉《ことば》だと、理解《りかい》ができなかったので。
——心配《しんぱい》せずにいられるわけがないだろう! なにいってんだ!
——鬼《おに》ごっこ!? こんな時間《じかん》に、ふざけるんじゃない!
——いますぐここをあけてください!!

「……え、え……？」

親《おや》たちの怒《いか》りが渦《うず》を巻《ま》く。

そのただなかで、黒鬼《くろおに》は戸惑《とまど》って立《た》ちつくした。

（……なんだ、こいつら……？）

声《こえ》をはりあげる親《おや》たちは、彼《かれ》が知《し》っているいつもの親《おや》たちとは、まったくちがっていた。

杉下先生《すぎしたせんせい》、すてき！　きゃあきゃあバカみたいに騒《さわ》いでるだけの、いつもの姿《すがた》は影《かげ》も形《かたち》もない。

みなふれたらきれそうなするどさで、黒鬼《くろおに》をにらみつけてくる。

その迫力《はくりょく》に、黒鬼《くろおに》は思《おも》わずあとずさった。

（なぜ……？）

黒鬼《くろおに》には理解《りかい》ができない。

なぜ彼《かれ》らがこんなに怒《おこ》っているのか、その理《り》由《ゆう》が。まったく。

OYAJI

「和也《かずや》っ！　おい、和也《かずや》！　いつまで遊《あそ》んでんだ！」

親《おや》たちのなかから、声《こえ》がひびいた。トレーナーにサンダル姿《すがた》の中年《ちゅうねん》の男《おとこ》だ。

黒鬼《くろおに》の脇《わき》にひかえていた関本和也《せきもとかずや》を見《み》つけると、男《おとこ》は怒鳴《どな》り声《ごえ》をあげた。

「門限《もんげん》すぎてんだろうがバカッ！　夜遊《よあそ》びはゲンコだっていったろう！　さっさと帰《かえ》るぞ！　おい、和也《かずや》！」

男《おとこ》は和也《かずや》に呼《よ》びかけた。

操《あやつ》られた人間《にんげん》の脳《のう》は、黒鬼《くろおに》の力《ちから》に完全《かんぜん》に支配《しはい》されている。彼《かれ》が与《あた》えた命令《めいれい》に反《はん》することは、考《かんが》えられない。聞《き》けもしない。

関本和也《せきもとかずや》は、ぱち、ぱち、とまばたきをした。

その目《め》のなかに……唐突《とうとつ》に光《ひかり》がもどった。

「……あれ？　父《とう》ちゃん？」

黒鬼《くろおに》は息《いき》をのんだ。

和也《かずや》はあたりをぐるりと見《み》まわした。

校門前《こうもんまえ》に集《あつ》まった親《おや》たちを見《み》やって、不思議《ふしぎ》そうに首《くび》をかしげている。

「……なにやってんの？　みんな」

「コウくん！　帰《かえ》りますよ！　ここをあけてちょうだい！」

こんどはべつの声《こえ》が飛《と》んだ。

メガネをかけた気《き》の弱《よわ》そうな女性《じょせい》が、伊藤孝司《いとうこうじ》にむかって呼《よ》びかけている。

孝司《こうじ》も、ぱち、ぱち、とまばたきをした。

「……ん？　お母《かあ》さん？」

目《め》に光《ひかり》がもどった。

メガネをかけなおし、あたりを見《み》まわす。

校門前《こうもんまえ》に集《あつ》まった親《おや》たちを見《み》やって……不思議《ふしぎ》そうに首《くび》をかしげた。

「……なにやってるの？　みんな」

黒鬼《くろおに》はやはり、なにが起《お》きたのか、理解《りかい》できなかった。

術《じゅつ》がとけたのだ。なんの前触《まえぶ》れもなく。

完全《かんぜん》に2人《ふたり》を支配《しはい》していたはずなのに。

……なぜ？

「和也《かずや》！　ともかくこの門《もん》をあけろ！」

「コウくん！　門《もん》をあけて！」

「あ、ああ！　わかった！」

「ま、待《ま》てっ！」

黒鬼《くろおに》は、あわてて和也《かずや》と孝司《こうじ》の肩《かた》をつかんだ。

ふりかえった2人《ふたり》の目《め》を、じっとのぞきこんだ。なにかのまちがいだ。もう一度《ど》、操《あやつ》ってやる。

「和也《かずや》！」

「コウくん！」

親《おや》たちがもう一度《ど》呼《よ》びかけた。

2人《ふたり》は、うるさそうに黒鬼《くろおに》の手《て》をふり払《はら》った。わかったよ！　と親《おや》たちにこたえると、校門《こうもん》のかんぬきにとりついてはずした。うろたえた校長《こうちょう》のポケットから、南京錠《なんきんじょう》のカギをうばいとる。黒鬼《くろおに》はぼうぜんとそれを見《み》つめた。

……ガラガラガラ……

小学校《しょうがっこう》の校門《こうもん》は、大《おお》きな音《おと》をひびかせてひらいた。

親《おや》たちがなかへなだれこんでくる。

くちぐちに子供《こども》の名前《なまえ》を呼《よ》びながら、校庭《こうてい》を走《はし》っていく……。

黒鬼《くろおに》は足早《あしばや》にその場《ば》を立《た》ち去《さ》った。

校舎《こうしゃ》へむかって走《はし》りながら、考《かんが》えた。

(なぜ、術《じゅつ》がとけた？　あまりにたくさんの人数《にんずう》を一気《いっき》に操《あやつ》ったから、術《じゅつ》の精度《せいど》がおちているのか？)

そのくらいしか、考《かんが》えられない。でなければ理屈《りくつ》があわない。きっと、そうだ。

黒鬼《くろおに》は、とても不愉快《ふゆかい》な気分《きぶん》だった。

さっきまでは最高《さいこう》の気分《きぶん》だったのに、集《あつ》まった親《おや》たちを見《み》ていたら、不愉快《ふゆかい》でフユカイで、たまらなくなってきた。

（……ちっ。遊《あそ》びは終《お》わりにするか）

親《おや》たちが、図書室付近《としょしつふきん》に集《あつ》まった子供《こども》たちを見《み》つけだすまで、しばらくかかるだろう。

その前《まえ》に大翔《ひろと》たちをひきずりだし、喰《く》ってやる。ゲームは終《お》わりだ。

のこりの子供《こども》たちは、いつでも喰《く》える。黒鬼《くろおに》にとって、小学校《しょうがっこう》は巨大《きょだい》な食料倉庫《しょくりょうそうこ》だ。黒《くろ》鬼《おに》は顔《かお》をゆがめて笑《わら》った。


そのときだった。

学校中《がっこうじゅう》に設置《せっち》されたスピーカーから、いっせいに音楽《おんがく》が流《なが》れはじめた。

「な、なんだ……？」

黒鬼《くろおに》は立《た》ちどまった。騒《さわ》いでいた親《おや》たちの声《こえ》もしずまった。

みんな、耳《みみ》を澄《す》ませた。

『ゆうやけこやけ』だった。

それは毎日《まいにち》、小学校《しょうがっこう》で、夕暮《ゆうぐ》れになると流《なが》される音楽《おんがく》。

夢中《むちゅう》になって遊《あそ》ぶ子供《こども》たちに、はやく家《いえ》に帰《かえ》ろうとうながす――

下校《げこう》の音楽《おんがく》だった。

3

大翔《ひろと》ははげしく咳《せ》きこみながら、本棚《ほんだな》にとりついていた。図書室《としょしつ》のなかは煙《けむり》で満《み》たされた。このままじゃ、全員酸欠《ぜんいんさんけつ》で死《し》んでしまう。

本棚《ほんだな》をどかすと、ドアをあけ、外《そと》の空気《くうき》を部屋《へや》へ送《おく》りこんだ。

煙《けむり》が晴《は》れていくむこうに、数十人《すうじゅうにん》の生徒《せいと》たちが立《た》っていた。

全員《ぜんいん》、うつろな瞳《ひとみ》で、這《は》いだしてきた大翔《ひろと》をじっと見《み》おろしている。

またたく間《ま》に、大翔《ひろと》たちは捕《と》らえられた。部屋《へや》からひきずりだされ、押《お》さえつけられて、廊下《ろうか》に4人《にん》ならべられた。抵抗《ていこう》もできず、縛《しば》りつけられる。

そのときだった。

校舎《こうしゃ》にすえられたスピーカーから、『ゆうやけこやけ』のメロディが流《なが》れてきた。
オニだらけの校舎《こうしゃ》のなかに、きれいなバイオリンの音色《ねいろ》がひびきわたっていく。
大翔《ひろと》たちを縛《しば》りつけていたオニたちが、ふと動《うご》きを止《と》めた。
だまりこみ、じっとしずかに、下校《げこう》の曲《きょく》に耳《みみ》を澄《す》ませている。
だれからともなく、窓《まど》の外《そと》を見《み》あげた。
雲《くも》はいつの間《ま》にかどこかへ消《き》え去《さ》り、夜空《よぞら》には星《ほし》がまたたいている。

――帰《かえ》ラナクテ、イイノカナ？

だれかがぼそりとつぶやいた。
曲《きょく》が変《か》わった。こんどは、『遠《とお》き山《やま》に日《ひ》は落《お》ちて』。これも下校《げこう》の曲《きょく》だ。
みんな、夜空《よぞら》を見《み》あげた。

――モウオソイヨ。オウチニ帰《かえ》ラナクテ、イイノカナ？

——デモ、黒鬼様《くろおにさま》ノ命令《めいれい》ハ？

子供《こども》たちはざわついた。
真《ま》っ暗《くら》な穴《あな》のような目《め》をまたたかせ、たがいにたがいの顔《かお》を見《み》る。

——黒鬼様《くろおにさま》ニイワレテル。大場《おおば》クンタチヲ、捕《つか》マエテオケッテ。
——ソウダケド……デモ、オ母《かあ》サンニモイワレテル。
——オ父《とう》サンニモイワレテルヨ。
——日《ひ》ガ暮《く》レタラ、ハヤクオウチニ帰《かえ》レッテ。
——ドッチノ約束《やくそく》、守《まも》ッタライイ？

うなずきあう子供《こども》たちの目《め》の奥《おく》に……ゆっくりと光《ひかり》がともっていく。
あけはなした窓《まど》のむこうから、ざわめきが聞《き》こえてきた。
親《おや》たちの声《こえ》だ。子供《こども》たちを呼《よ》んでいる。

聞《き》いたとたん、子供《こども》たちは飛《と》びあがった。わあっと歓声《かんせい》をあげた。体育館《たいいくかん》で黒鬼《くろおに》に捧《ささ》げたのより、ずっとうれしそうな声《こえ》で。

——帰《かえ》ろう！

大翔《ひろと》たちを縛《しば》ろうとしていた縄《なわ》をほうると、つぎつぎに走《はし》りはじめた。階段《かいだん》をかけおりていく。校舎《こうしゃ》の外《そと》で待《ま》つ親《おや》たちへむかって。

だれかが声《こえ》をあげた。みんなさけびはじめた。

校舎《こうしゃ》は子供《こども》たちの歓声《かんせい》につつまれた。

4

昇降口《しょうこうぐち》に飛《と》びこんだ黒鬼《くろおに》は、歓声《かんせい》をあげながらかけてくる子供《こども》たちを見《み》て、ぼうぜんと立《た》ちつくした。

全員《ぜんいん》、術《じゅつ》がとけている。

いったい、なぜ!?

「おい！　待《ま》てっ！　なにしてる！　大場《おおば》たちはどうしたっ！」

あわててさけんだ。

「持《も》ち場《ば》をはなれろなんて命令《めいれい》、していないぞ！　もどれっ！　外《そと》にでるんじゃないっ！」

子供《こども》たちは聞《き》く耳《みみ》を持《も》たない。

サバンナを移動《いどう》する獣《けもの》の群《む》れのように、黒鬼《くろおに》の脇《わき》をかすめて走《はし》っていく。その勢《いきお》いに黒《くろ》鬼《おに》も手《て》をだせない。

子供《こども》の1人《ひとり》が、ちらっと黒鬼《くろおに》のほうを見《み》た。その目《め》には光《ひかり》がともっている。

べぇっ、と舌《した》をだし、逃《に》げていった。

(なぜだ……!?)

黒鬼《くろおに》は、わけがわからなかった。

(ただ音楽《おんがく》が流《なが》れただけなのに……！)

黒鬼《くろおに》には、理解《りかい》できなかった。

「……くそおっ！　不愉快《ふゆかい》だ！　だれだこれ流《なが》してるのは！」

黒鬼《くろおに》は早足《はやあし》でいそいだ。東棟廊下《ひがしとうろうか》をかけ抜《ぬ》けると、放送室《ほうそうしつ》のドアをたたきあけた。

せまい放送室《ほうそうしつ》のなか。

ミキサー卓《たく》の前《まえ》にちょこんと座《すわ》りこんでいたのは、ツノウサギだった。

ヘッドセットを首《くび》からさげた、DJ《ディージェー》のような格好《かっこう》で流《なが》れる下校《げこう》の曲《きょく》にあわせて、気持《きも》ちよさそうに鼻歌《はなうた》を歌《うた》っている。

「……なにしてるんだ、おまえは……」

黒鬼《くろおに》は、ジロリとツノウサギをにらみつけた。その目《め》は怒《いか》りに血走《ちばし》っている。

「……べっつにぃ？　もうおそいから、下校《げこう》の音楽《おんがく》、流《なが》してるだけだぜぇ？」

ツノウサギはひょいと翼《つばさ》をすくめて、放送室《ほうそうしつ》に備《そな》えつけの、童謡《どうよう》のCD《シーディー》をひらひらさせた。

「ガキんちょどもは、この曲《きょく》を聴《き》くと、家《いえ》に帰《かえ》りたくなるんだってさ。……うちで待《ま》ってる、親《おや》を思《おも》いだして」

「…………」

「いやがらせがてら、かけてみた。おまえやっぱり、これが弱点《じゃくてん》なんだなぁ……。キャキャキャッ」

「なにをいっている？　……弱点《じゃくてん》だと？」

黒鬼《くろおに》はわけがわからないと首《くび》をふって、いらだたしげにツノウサギをにらみつけた。

「やれやれ。強《つよ》いやつって、自分《じぶん》のことは、てんでわかってなかったりするんだよなぁ」

ツノウサギはくりくりとしたつぶらな瞳《ひとみ》で、二股《ふたまた》の舌《した》を垂《た》らしてちろちろと笑《わら》った。

「覚《おぼ》えとけよう？　『約束《やくそく》は守《まも》りましょう』。小学生《しょうがくせい》でもわかること、できないやつは身《み》を滅《ほろ》ぼすぜぇ？　キャキャキャキャッ。では、アデュ～」

ツノウサギはバッと翼《つばさ》をひろげると、ひらいた窓《まど》から外《そと》へ飛《と》び去《さ》っていく。

「クッ……おい、待《ま》てっ！」

黒鬼《くろおに》は窓《まど》へかけ寄《よ》った。

——と、背後《はいご》のほうから足音《あしおと》が黒鬼《くろおに》の耳《みみ》に飛《と》びこんできた。

黒鬼《くろおに》は放送室《ほうそうしつ》を飛《と》びだした。

「……っ！」

大翔《ひろと》たちが、階段《かいだん》をかけおりてきたところだった。

大場《おおば》、桜井《さくらい》、宮原《みやはら》、金谷《かなや》。――全員《ぜんいん》いる。黒鬼《くろおに》を見《み》おろし、息《いき》をのんでいる。

4人《にん》を見《み》あげ、黒鬼《くろおに》は笑《え》みをうかべた。

まだゲームは終《お》わっていない。

1VS《バーサス》4の鬼《おに》ごっこになっただけだ。

黒鬼《くろおに》の体《からだ》から、シュウシュウと煙《けむり》があがっていく。

「「逃《に》げろっ！」」

大翔《ひろと》と章吾《しょうご》が同時《どうじ》にさけんだ。

階段《かいだん》を一気《いっき》に飛《と》びおりてくると、黒鬼《くろおに》へ飛《と》びかかってきた。

黒鬼《くろおに》は2人《ふたり》のタックルを食《く》らって、廊下《ろうか》の壁際《かべぎわ》へ押《お》さえこまれた。

「悠《ゆう》！　葵《あおい》！　はやく外《そと》へっ！」

「助《たす》けを呼《よ》んできてくれっ！」

2人《ふたり》がかりで黒鬼《くろおに》を押《お》さえこみながら、大翔《ひろと》と章吾《しょうご》がさけんだ。悠《ゆう》と葵《あおい》がかけていく足《あし》音《おと》。

「これ以上《いじょう》、悪《わる》さ させねえぞ……！」

「学校《がっこう》をめちゃくちゃにされると、こまるんだよ……っ！」

2人《ふたり》は歯《は》を食《く》いしばり、黒鬼《くろおに》の手足《てあし》を押《お》さえつけてくる。なかなかの力《ちから》だ。人間《にんげん》の体《からだ》では、とても対抗《たいこう》できない。

黒鬼《くろおに》の体《からだ》から、シュウシュウと煙《けむり》があがっていく。

ニコニコと笑《え》みをうかべて、2人《ふたり》に笑《わら》いかけた。

「……キミたち、いい加減《かげん》、理解《りかい》してくれよ……」

「………」

「子供《こども》は鬼《おに》に勝《か》てないって、何度《なんど》もいってるでしょう？　……何度《なんど》も、何度《なんど》もっ！　何度《なんど》も何度《なんど》もっ!!」

その額《ひたい》から、みるみるツノが生《は》えてくる。体《からだ》が漆黒《しっこく》に染《そ》まり、膨《ふく》れあがっていく。全身《ぜんしん》からどす黒《ぐろ》いオーラを放《はな》つ。

鬼《おに》の姿《すがた》に変《へん》じた黒鬼《くろおに》は、大翔《ひろと》と章吾《しょうご》をにらみつけた。

強引《ごういん》に2人《ふたり》をもぎはなすと、両手《りょうて》で2人《ふたり》の頭《あたま》をつかみあげた。

おたけびをあげた。黒鬼《くろおに》をつつむオーラが弾《はじ》けた。

周囲《しゅうい》の空気《くうき》がゆらりとゆらめいた。

5

校庭《こうてい》では親《おや》たちが歓声《かんせい》をあげていた。

昇降口《しょうこうぐち》から子供《こども》たちが飛《と》びだしてくるたび、名前《なまえ》を呼《よ》びながらかけ寄《よ》っていく。子供《こども》たちは走《はし》ってくる親《おや》たちを不思議《ふしぎ》そうにながめている。

大翔《ひろと》のお母《かあ》さんたちは一足先《ひとあしさき》にフェンスを乗《の》り越《こ》え、校舎《こうしゃ》の横《よこ》へまわりこんでいた。子《こ》供《ども》たちがでてくるのを待《ま》っていた。

ぱらぱらと走《はし》りでてきていたのが一段落《ひとだんらく》しても、大翔《ひろと》たちはでてこない。

もうほとんどの子供《こども》たちは、外《そと》へでてきているのに。

ドオオオオオオン――

一瞬《いっしゅん》、校舎《こうしゃ》の窓《まど》ガラスが光《ひか》った。それから爆発音《ばくはつおん》がひびいてきた。

校舎《こうしゃ》のなかで、なにかあったのだろうか。親《おや》たちが心配《しんぱい》そうに顔《かお》を見《み》あわせている。

笑《わら》い声《ごえ》がひびいてきた。人間《にんげん》のものとは思《おも》えない、ひどくおぞましい笑《わら》い声《ごえ》だ。

勝利《しょうり》のおたけびのようにも聞《き》こえた。

獲物《えもの》をしとめ、喰《く》いあさる前《まえ》に、こらえきれずに咆哮《ほうこう》している……。

大翔《ひろと》のお母《かあ》さんは、なぜだかとても……いやな予感《よかん》がした。

(小学校《しょうがっこう》のなかにいて、あぶないことなんて、あるはずがないじゃないの……)

常識的《じょうしきてき》な判断《はんだん》がそうささやいた。

「キャキャ。そんなことないぜぇ？　学校《がっこう》はキケンがいっぱいだ。鬼《おに》はガキんちょの肉《にく》が大好《だいす》きだからなァ」

どこからか声《こえ》がひびいてきた。

大翔《ひろと》のお母《かあ》さんは、思《おも》わずあたりを見《み》まわした。……だれもいない。

「悪《わる》い鬼《おに》が怒《おこ》ってる。子供《こども》が戦《たたか》ってるが、分《ぶ》が悪《わる》い。……このままだと、死《し》ぬぜェ？」

姿《すがた》を見《み》せずに、声《こえ》は笑《わら》う。

「ま、オレ様《さま》にゃカンケーないけどな。……さて、〝ことろことろ〟のルール。あんた、知《し》ってるかなァ？　キャキャキャキャッ」

それきり、声《こえ》は聞《き》こえなくなった。

(なんなの……？)

見《み》るからに怪《あや》しい声《こえ》だった。不審《ふしん》な声《こえ》だ。

信《しん》じるなんて、どうかしている。

でも、と大翔《ひろと》のお母《かあ》さんは直感的《ちょっかんてき》に思《おも》った。

声《こえ》のいうことは、正《ただ》しいと。

(……大翔《ひろと》を助《たす》けてあげなくちゃ)

でも、なにをしていいかわからない。

(守《まも》ってあげなくちゃ。お母《かあ》さんなんだから)

そんなことをいったら、そろそろ年《とし》ごろになってきた大翔《ひろと》は、うるさそうにするのだろうけれど。

――子供扱《こどもあつか》いするなよ、母《かあ》さん。おれ、もうすぐ中学生《ちゅうがくせい》なんだぜ？

大翔《ひろと》のお母《かあ》さんは、このごろ思《おも》うときがある。

そのうち子供《こども》を守《まも》ってあげることは、できなくなるのかもしれないと。子供《こども》は成長《せいちょう》していって、親《おや》の手《て》のとどかないところへいってしまう。

でも……それはもう少《すこ》しだけ先《さき》の話《はなし》だ。家《いえ》では妹《いもうと》が帰《かえ》りを待《ま》っているし、夕食《ゆうしょく》のシチューも煮《に》こんである。

もう少《すこ》しのあいだくらいは、守《まも》ってあげられる。

だって、親《おや》なんだから。

大翔《ひろと》のお母《かあ》さんは、ところところのルールなんて知《し》らなかった。聞《き》いたこともない。

でもそんなこと、関係《かんけい》なかった。

それは親《おや》ならだれでもわかっているルールだったから。

——親《おや》は、子供《こども》を守《まも》らなければならない。

大翔《ひろと》のお母《かあ》さんは息《いき》をすいこむと、校舎《こうしゃ》へむかってさけんだ。我《わ》が子《こ》の耳《みみ》にとどくよう、せいいっぱい、声《こえ》をはりあげた。

6

耳《みみ》の鼓膜《こまく》がおかしくなって、キーン……と甲高《かんだか》い音《おと》が鳴《な》りひびいている。その音《おと》のすきまから、笑《わら》い声《ごえ》がひびきつづけていた。黒鬼《くろおに》の声《こえ》が、わんわんと大翔《ひろと》の脳《のう》に突《つ》きささる。

「……申《もう》し訳《わけ》ないね。ちょっとやりすぎてしまった。ストレスだよ」

黒鬼《くろおに》はそういって肩《かた》をすくめた。

「……さて、と」

もくもくと廊下《ろうか》に立《た》ちこめていた煙《けむり》が、ゆっくりと晴《は》れていく。

黒鬼《くろおに》は薄《うす》く笑《わら》って、2人《ふたり》を見《み》おろした。

「どっちから、喰《く》ってやろうか？」

大翔《ひろと》と章吾《しょうご》は、廊下《ろうか》に折《お》り重《かさ》なるようにしてたおれていた。

章吾《しょうご》は横《よこ》ざまになってたおれ、完全《かんぜん》に気《き》を失《うしな》っている。ぴくりとも動《うご》かない。

章吾《しょうご》の体《からだ》が盾《たて》になり、大翔《ひろと》はなんとか意識《いしき》をたもっていた。

うつぶせにたおれたまま、なんとか立《た》ちあがろうと廊下《ろうか》に手《て》をつく。

「ど・ち・ら・か・ら・く・お・う・か・な。じ・ご・く・の・お・に・さ・ま・の・い・う・と・お・り。……よし、章吾《しょうご》くんから喰《く》おう」

黒鬼《くろおに》が近《ちか》づいてくる。もがく大翔《ひろと》を足蹴《あしげ》にしてどかした。大翔《ひろと》は廊下《ろうか》を蹴《け》りころがされてうめいた。

顔《かお》をあげると、黒鬼《くろおに》が章吾《しょうご》の首《くび》をつかみ、高々《たかだか》と持《も》ちあげている。

口《くち》をひらいた。口《くち》のなかから呪《のろ》いの声《こえ》が聞《き》こえてくる。黒鬼《くろおに》はペロリと舌《した》なめずりをする。

「……や、めろ……」

大翔《ひろと》は廊下《ろうか》に手《て》をついた。体《からだ》が重《おも》い。自分《じぶん》の体《からだ》じゃないみたいだ。

黒鬼《くろおに》はかまわず、章吾《しょうご》の首筋《くびすじ》に牙《きば》をあてた。章吾《しょうご》がうめいた。

そのとき、窓《まど》のむこうから、風《かぜ》に乗《の》って声《こえ》がひびいてきた。

子供《こども》たちと親《おや》たちが、校庭《こうてい》で再会《さいかい》をよろこびあう声《こえ》だ。

――なにやってたんだ！　おそいじゃないか！

しかる声《こえ》。

――よかった、無事《ぶじ》で……。心配《しんぱい》したじゃないの。

いたわる声《こえ》。

校庭《こうてい》での親子《おやこ》のざわめきが、窓《まど》からつぎつぎと流《なが》れこんでくる。

「グゥ……」

黒鬼《くろおに》は不愉快《ふゆかい》そうに顔《かお》をしかめた。

額《ひたい》に青《あお》スジを立《た》て、ギリギリと牙《きば》をかみしめる。

「うっとうしい……。ああもう！　うっとおしいっ!!　なんなんだ！」

いらだたしげにガツンと壁《かべ》を蹴《け》った。
そのときだ。一際《ひときわ》大《おお》きく、声《こえ》がひびいてきた。

——大翔《ひろと》ーッ！
——がんばりなさいっ！
——負《ま》けるな——っっ！

母《かあ》さんだ。
運動会《うんどうかい》のリレーで、抜《ぬ》かれそうになった大翔《ひろと》を応援《おうえん》してたときと同《おな》じ声《こえ》。
大翔《ひろと》は思《おも》わず、苦笑《にがわら》いをうかべた。
そうだ。負《ま》けてられない。こいつをやっつけて、家《いえ》に帰《かえ》るんだ。
大翔《ひろと》は体《からだ》に力《ちから》をこめ、立《た》ちあがった。
拳《こぶし》をにぎりしめ、腰《こし》をおとした。

＊

親《おや》たちの声《こえ》に不愉快《ふゆかい》そうに窓《まど》のむこうを見《み》つめていた黒鬼《くろおに》は、大翔《ひろと》をふりかえっておどろいて目《め》を見《み》ひらいた。

大翔《ひろと》の体《からだ》のまわりに、光《ひかり》があふれているのが見《み》えたのだ。黒鬼《くろおに》のまとった黒《くろ》いオーラとはちがった、あたたかい光《ひかり》だ。

(……なんだ？　あれは)

警戒《けいかい》するように、黒鬼《くろおに》は1歩《ぽ》、さがった。

黒鬼《くろおに》には、その正体《しょうたい》がわからなかった。理解《りかい》できなかった。

ただ、すごくイヤな感《かん》じだ。キライだ。ニガテだ。

それはべつに特別《とくべつ》なものじゃなかった。

それは朝《あさ》、大翔《ひろと》が家《いえ》をでるときに、いってらっしゃい、と送《おく》りだす言葉《ことば》だったり、夕方《ゆうがた》、帰《かえ》ってきたときに、おかえりなさい、と迎《むか》える言葉《ことば》だったり……母《かあ》さんが大翔《ひろと》にいつもあたりまえにかけている小《ち》さな言葉《ことば》の数々《かずかず》が、子供《こども》を守《まも》るようにただよっているだけだ。
その小《ちい》さな光《ひかり》が、黒鬼《くろおに》にはたえがたかった。
黒鬼《くろおに》はおびえるように、もう1歩《ぽ》さがった。
2歩《ほ》、3歩《ぽ》とさがってゆく。

黒鬼《くろおに》は、自分《じぶん》の弱点《じゃくてん》を知《し》らなかった。まさかそんなものが、自分《じぶん》の弱点《じゃくてん》だとは。そんな理解不能《りかいふのう》なものが。
『鬼《おに》ごっこの歴史《れきし》』に書《か》いてあったこと。

〝鬼《おに》が唯一苦手《ゆいいつにがて》とするのが、子《こ》を守《まも》る親《おや》の存在《そんざい》なのだ。〟

ガシッ

黒鬼《くろおに》が下《した》をむいた。章吾《しょうご》が黒鬼《くろおに》の足《あし》を、両手《りょうて》でかかえこむようにしてつかんでいた。
顔《かお》をあげると、ニヤリと笑《わら》って大翔《ひろと》にうなずきかけた。
「大翔《ひろと》……やっちまえ……っ」
大翔《ひろと》はうなずきかえした。
拳《こぶし》をにぎって、廊下《ろうか》を蹴《け》った。
黒鬼《くろおに》はわめいてはげしく足《あし》をふるった。章吾《しょうご》ははなさない。
大翔《ひろと》は全力《ぜんりょく》で拳《こぶし》をひきながら、黒鬼《くろおに》のふところへ飛《と》びこんだ。
ふりかえった黒鬼《くろおに》のほおへ――パンチをたたきこんだ。

拳《こぶし》が黒鬼《くろおに》にとどいた瞬間《しゅんかん》……光《ひかり》がほとばしった。
大翔《ひろと》の体《からだ》を守《まも》っていた光《ひかり》が、拳《こぶし》から黒鬼《くろおに》に一気《いっき》に流《なが》れこんでいった。

絶叫《ぜっきょう》があがった。

7

黒鬼《くろおに》のあげる絶叫《ぜっきょう》が、廊下《ろうか》にひびきわたっていく。

それは呪《のろ》いの言葉《ことば》のようだった。この世《よ》の恨《うら》みつらみをすべて集《あつ》めて、まとめてぶちまけたみたいだった。何度《なんど》も何度《なんど》もくりかえされる言葉《ことば》に、大翔《ひろと》はぎゅっと目《め》をつぶってたえた。

声《こえ》は小《ちい》さくなっていき……やがて尾《お》をひいて消《き》えた。


『これで終《お》わりと思《おも》うな……』


その言葉《ことば》を最後《さいご》に、完全《かんぜん》に消《き》えた。

廊下《ろうか》はしずまりかえった。

物音《ものおと》一《ひと》つしない。

下校《げこう》の音楽《おんがく》も鳴《な》りやんでいる。
大翔《ひろと》は廊下《ろうか》に大《だい》の字《じ》にたおれこんだまま、天井《てんじょう》を見《み》あげていた。
頭《あたま》がぼうっとしている。体《からだ》が重《おも》い。もう動《うご》けない。

ペタッ

足音《あしおと》が聞《き》こえた。
スリッパの音《おと》だ。廊下《ろうか》のむこうから。

ペタッペタッ

近《ちか》づいてくる。走《はし》ってくる。大翔《ひろと》は目《め》をつぶった。

ぺちん

おでこをはたかれて、大翔《ひろと》は目《め》をひらいた。

「……なにやってるの」

お母《かあ》さんだった。

大翔《ひろと》の顔《かお》をのぞきこんでいた。盛大《せいだい》にまゆをしかめて、口《くち》をへの字《じ》にして。怒《おこ》ってます！　って、いわんばかりの顔《かお》をして。

「何時《なんじ》だと思《おも》ってるの？」

ムスッとした顔《かお》で、時計《とけい》を指《ゆび》さした。

「おそくなるときは連絡《れんらく》しなさいって、いつもいってるじゃない。乱暴《らんぼう》な遊《あそ》びやあぶないことはしないって、約束《やくそく》したよね？　どうして守《まも》れないの？」

お母《かあ》さんは大翔《ひろと》をしかりつけた。

大翔《ひろと》は起《お》きあがり、あたりを見《み》まわした。

黒鬼《くろおに》の姿《すがた》はどこにもなかった。

まるで霧《きり》のように消《き》えてしまっていた。

窓《まど》のむこうから、びゅうびゅうと風《かぜ》が吹《ふ》きこんでいる。

「……なにしてたの？」

「……鬼《おに》ごっこ」

「……なにかあぶないことあったんじゃないかって、すごく心配《しんぱい》したのよ？」

母《かあ》さんは涙《なみだ》ぐんでいる。

大翔《ひろと》の頭《あたま》を、いろんな考《かんが》えがよぎった。

「母《かあ》さん……泣《な》くなよ。心配《しんぱい》しすぎだって」

うかんだ言葉《ことば》はいろいろあった。でも友《とも》だちの前《まえ》でお母《かあ》さんに泣《な》かれるのが、一番《いちばん》バツが悪《わる》かった。

「まったくもう。おれ、もうすぐ中学生《ちゅうがくせい》だぜ。母《かあ》さんが心配《しんぱい》するようなことなんて、あるわけないだろ？」

大翔《ひろと》は唇《くちびる》をとがらせていった。

それから、ぼそりとつづけた。

「……でも、ありがと」

大翔《ひろと》と章吾《しょうご》はうなずきあった。

ぐっと拳《こぶし》を掲《かか》げあい、母《かあ》さんにうなずきかけた。

母《かあ》さんがいなければ、大翔《ひろと》たちはいまごろ黒鬼《くろおに》に喰《く》われていただろう。子供《こども》だけじゃ勝《か》てなかった。親子《おやこ》の勝利《しょうり》だ。

拳《こぶし》を掲《かか》げる2人《ふたり》を見《み》つめて、母《かあ》さんもつられて拳《こぶし》を掲《かか》げた。3人《にん》、コツンと拳《こぶし》をあわせた。

さっぱりわからないというように目《め》をぱちぱちさせながら、大翔《ひろと》の額《ひたい》に手《て》をやった。

「……熱《ねつ》でもあるの？　あなたたち」

帰《かえ》り道《みち》

実際《じっさい》、大翔《ひろと》は熱《ねつ》をだした。

「……ったく。さまになんねーのな、おまえは」

章吾《しょうご》がやれやれと肩《かた》をすくめた。

黒鬼《くろおに》をやっつけて、気《き》がゆるんだせいか。冷《ひ》や汗《あせ》をかきまくって、そのままにしてたせいか。荒《あ》れ果《は》てた大地《だいち》の空気《くうき》にあてられたせいか。39度《ど》の熱《ねつ》でノックダウンした大翔《ひろと》は、悲《かな》しきかな、お母《かあ》さんの背《せ》におぶわれて帰《かえ》ることになってしまった。

もうおそい時間《じかん》だ。学校《がっこう》から解放《かいほう》された親子《おやこ》たちは、自然《しぜん》にグループになって、家路《いえじ》をいそいでいる。大翔《ひろと》、悠《ゆう》、葵《あおい》の家族《かぞく》は同《おな》じマンションなので、当然《とうぜん》一緒《いっしょ》だ。

「小《しょう》6にもなって、お母《かあ》さんにおんぶかよ。ダッセー」

「う……うるせぇ……」

熱《ねつ》のせいばかりでなく、大翔《ひろと》は真《ま》っ赤《か》になった。ふらふらした頭《あたま》をかかえ、章吾《しょうご》をにらむ。

章吾《しょうご》のほうはもうピンピンして、自分《じぶん》で歩《ある》いているのに。くそう、不死身《ふじみ》か、こいつは。

「本当《ほんとう》に、なにがあったのかわからないの？」

親《おや》たちはもう何度《なんど》めか、子供《こども》たちにそう問《と》いかけた。

「まったく、わけがわからないわ。みんな、自分《じぶん》たちがいったいなにをしてたか、ぜんぜん覚《おぼ》えてないっていうんだもの」

「悠《ゆう》、知《し》ってたら話《はな》してよね？　小説《しょうせつ》のネタにしたいんだから」

悠《ゆう》のお母《かあ》さんがいう。悠《ゆう》はお母《かあ》さんの横《よこ》をのんびりと歩《ある》きながら、首《くび》をふった。

「葵《あおい》、お父《とう》さんにはなんでも話《はな》してくれよ」

葵《あおい》のお父《とう》さんがいう。葵《あおい》はお父《とう》さんの横《よこ》をすたすたと歩《ある》きながら、肩《かた》をすくめた。

「大翔《ひろと》。ほんとに覚《おぼ》えてないの？」

首《くび》だけふりむき、お母《かあ》さんが訊《き》いた。うん、と大翔《ひろと》はうなずいた。

親《おや》たちに本当《ほんとう》のことは話《はな》さないって、みんなできめたのだ。

信《しん》じてもらえないって思《おも》ってるわけじゃない。逆《ぎゃく》だった。きっと親《おや》たちは子供《こども》たちのいうことを信《しん》じてくれる。

けれどまわりの大人《おとな》は信《しん》じないだろうし、なにより、それで親《おや》たちが鬼《おに》に狙《ねら》われることになったらたまらない。

ところころころのルールの一《ひと》つ。『親《おや》は、子供《こども》を守《まも》らなければならない』。

もう一《ひと》つ、ルールをつけたそう。子供《こども》だって親《おや》を守《まも》るんだ。

「……あぶないこと、しない？」

しずかな声《こえ》で、母《かあ》さんがいった。

大翔《ひろと》はちょっと考《かんが》えて、うなずいた。

「母《かあ》さんが悲《かな》しむようなことは、しない」

「じゃあ、いい。……でも、いつか話《はな》してね」

母《かあ》さんはそういうと、大翔《ひろと》を背負《せお》いなおした。重《おも》くなったわねぇ、と息《いき》を吐《つ》く。

「母《かあ》さん、もうおろしてよ。自分《じぶん》で歩《ある》けるってば」

「そんな真《ま》っ赤《か》な顔《かお》でなにいってんの」

「恥《は》ずかしいからだろ。おれ、もうすぐ、中学生《ちゅうがくせい》だぜ。大人《おとな》なんだ。こんなのやだよ」

「まだ小学生《しょうがくせい》でしょ。子供《こども》でしょ」

熱《ねつ》で頭《あたま》がぼうっとしている。唇《くちびる》をとがらせて不満《ふまん》をいう大翔《ひろと》に、母《かあ》さんは無情《むじょう》に首《くび》をふる。

「いいから。いつまでもこんなこと、しないんだから。今日《きょう》だけは、お母《かあ》さんの背《せ》にいなさい。家《いえ》に着《つ》くまで、眠《ねむ》ってなさい」

母《かあ》さんの背《せ》にゆられながら、大翔《ひろと》はため息《いき》を吐《つ》いた。

＊

また明日《あした》、また明日《あした》……。ならんで歩《ある》く親子《おやこ》づれの数《かず》は、じょじょに少《すく》なくなっていく。

歩《ある》いていくと、わかれ道《みち》にさしかかった。

きれかけの電灯《でんとう》が、ぱちぱちと点滅《てんめつ》しながら夜道《よみち》をてらしている。

左《ひだり》は、大翔《ひろと》たちのマンションへの道《みち》。明々《あかあか》とした道《みち》がつづいている。

右《みぎ》には、小道《こみち》がのびている。人《ひと》の気配《けはい》がなく、薄暗《うすぐら》い。

「そんじゃーな」

右《みぎ》の道《みち》の前《まえ》で、章吾《しょうご》がぶらぶらと手《て》をふった。

本当《ほんとう》に家《いえ》まで送《おく》らなくていいの？　親《おや》たちが心配《しんぱい》そうにいうのを、すぐそこなんで、と丁重《ていちょう》に辞退《じたい》する。めんどくさいんだろう。

「また明日《あした》な、大翔《ひろと》」

「おう」

「明日《あした》もお母《かあ》さんに背負《せお》われて登校《とうこう》してこい。俺《おれ》のライバルさんよ」

にやっと笑《わら》うと、大翔《ひろと》がいいかえす間《ま》もなく、背《せ》をむけて走《はし》っていく。

「あの子《こ》が例《れい》の、金谷章吾《かなやしょうご》くん？　……たしかに、なかなか手強《てごわ》そうな子《こ》ね」

遠《とお》ざかっていく章吾《しょうご》の背中《せなか》を興味深《きょうみぶか》そうに見《み》やりながら、お母《かあ》さんがいった。

「親御《おやご》さんは、なにをやってるかたなのかしら？」

大翔《ひろと》は首《くび》をかしげた。

そういえば、章吾《しょうご》の両親《りょうしん》のことを、ぜんぜん知《し》らない。

こんなにおそくなっても迎《むか》えにこないあたり、すごくいそがしい仕事《しごと》をしてるんだろう。

きっと章吾《しょうご》に似《に》て、なんでもできる天才《てんさい》で、夜《よる》おそくまで飛《と》びまわってるんじゃないかな？


こんど、章吾《しょうご》の家《いえ》に遊《あそ》びにいこうか——大翔《ひろと》は思《おも》った。

案外《あんがい》、章吾《しょうご》のやつだって、お母《かあ》さんの前《まえ》ではフツーの子供《こども》で、あまやかされてたりするかもしれない。

もしそうだったら、仕返《しかえ》しにたっぷりからかってやるんだ。あいつ、すげーいやな顔《かお》して怒《おこ》りそうだけど。そうして、ゲームでもして遊《あそ》ぶんだ。

その思《おも》いつきに、大翔《ひろと》は1人《ひとり》、おかしそうに笑《わら》った。

それから、安心《あんしん》したように寝息《ねいき》を立《た》てはじめた。

＊　＊　＊

夜道《よみち》を歩《ある》いていた金谷章吾《かなやしょうご》は、ふと足《あし》を止《と》めた。

薄暗《うすぐら》い小道《こみち》。点滅《てんめつ》する電灯《でんとう》。

地面《じめん》にのびた自分《じぶん》の影《かげ》を、まじまじと見《み》つめる。

「……気《き》のせいか？」

章吾《しょうご》はまゆをひそめて、首《くび》をひねった。

一瞬《いっしゅん》だけ。ほんの一瞬《いっしゅん》だけ。

自分《じぶん》の歩調《ほちょう》にあわせて動《うご》くはずの影《かげ》が……ズレたように見《み》えたのだ。

「そんなわけないか。……さすがにつかれてんな」

正直《しょうじき》、限界《げんかい》だった。いますぐ布団《ふとん》にたおれこみたい。大翔《ひろと》の手前《てまえ》、そんなそぶり、ださなかったが。

章吾《しょうご》はうしろをふりかえった。

わかれ道《みち》のむこうには、まだ大翔《ひろと》たちの姿《すがた》が見《み》えている。大翔《ひろと》、悠《ゆう》、葵《あおい》。その親《おや》たち。笑《わら》いあい、楽《たの》しげにしゃべりながら、帰《かえ》り道《みち》を歩《ある》いていく親子《おやこ》。

「……いいなぁ」


章吾《しょうご》はぽつりとつぶやいた。つぶやいたことを、自分《じぶん》でも気《き》づいていない。

章吾《しょうご》は地面《じめん》にころがった小石《こいし》を蹴《け》りつけた。

迷子《まいご》になったみたいに、不安《ふあん》そうな顔《かお》をした。

ポケットのなかのケータイをにぎりしめた。ひらいて確認《かくにん》すると、明日《あした》のスケジュールを知《し》らせるポップアップメッセージが表示《ひょうじ》されている。

『おかあさん　手術《しゅじゅつ》』。

章吾《しょうご》はケータイを閉《と》じた。

またつぶやいた。

「……うらやましいなぁ。……ちくしょう。くそう……」

友《とも》だちたちの背中《せなか》は、どんどん遠《とお》ざかっていく。マンションの窓《まど》からもれる光《ひかり》が、道《みち》を明《あか》るくてらしだしている。

この薄暗《うすぐら》い細道《ほそみち》を抜《ぬ》けていけば、章吾《しょうご》も家《いえ》に帰《かえ》り着《つ》く。でも章吾《しょうご》の家《いえ》に明《あ》かりはついていない。真《ま》っ暗《くら》だ。

（人生《じんせい》には、どうにもならないことがあるんだ、大翔《ひろと》）

章吾《しょうご》は心《こころ》のなかでつぶやいた。

（おまえには、そんなの、わかんねえだろうけどさ……）

また小石《こいし》を蹴《け》りつけた。

立《た》ちつくした章吾《しょうご》の背後《はいご》の地面《じめん》に、影《かげ》がうつっている。

アスファルトの地面《じめん》。その上《うえ》に、月明《つきあ》かりにてらされてのびた章吾《しょうご》の影《かげ》。

……そのなかから、べつの影《かげ》がそろそろと這《は》いでてきた。

巨大《きょだい》な影《かげ》の頭部《とうぶ》には、ツノがのびている。地面《じめん》のなかから、ギョロギョロと目《め》をまたたいて、じっと章吾《しょうご》を見《み》あげている。

章吾《しょうご》は力《ちから》なく首《くび》をふると、ふりかえった。

ツノの生《は》えた影《かげ》は音《おと》もなく消《き》え、章吾《しょうご》の影《かげ》だけがのこった。


家《いえ》に帰《かえ》ろう。章吾《しょうご》は思《おも》った。

いそいで帰《かえ》って、母《かあ》さんのお見舞《みま》いにいこう。もしかしたら、まだ面会時間《めんかいじかん》に間《ま》にあうかもしれない。

校外学習《こうがいがくしゅう》のおみやげ、わたしてあげよう。手術《しゅじゅつ》がんばれって、応援《おうえん》しなくちゃ。

章吾《しょうご》は走《はし》りはじめた。

暗《くら》い小道《こみち》を、大翔《ひろと》たちとは逆方向《ぎゃくほうこう》に、一直線《いっちょくせん》にかけていった。

第《だい》6弾《だん》へつづく……

集英社みらい文庫

絶望鬼《ぜつぼうおに》ごっこ

鬼《おに》だらけの地獄小学校《じごくしょうがっこう》

針《はり》とら 作

みもり 絵

ファンレターのあて先
〒101-8050 東京都千代田区一ツ橋2-5-10 集英社みらい文庫編集部
いただいたお便りは編集部から先生におわたしいたします。

2016年7月27日 第1刷発行
2017年10月7日 第5刷発行

発行者 北畠輝幸
発行所 株式会社 集英社
〒101-8050 東京都千代田区一ツ橋2-5-10
電話 編集部03-3230-6246
読者係03-3230-6080
販売部03-3230-6393(書店専用)
http://miraibunko.jp
装丁 +++野田由美子 中島由佳理
印刷 凸版印刷株式会社
製本 凸版印刷株式会社

★この作品はフィクションです。実在の人物・団体・事件などにはいっさい関係ありません。
ISBN978-4-08-321326-7 C8293 N.D.C.913 190P 18cm

「みらい文庫《ぶんこ》」読者《どくしゃ》のみなさんへ

言葉《ことば》を学《まな》ぶ、感性《かんせい》を磨《みが》く、創造力《そうぞうりょく》を育《はぐく》む……、読書《どくしょ》は「人間力《にんげんりょく》」を高《たか》めるために欠《か》かせません。

たった一枚《いちまい》のページをめくる向《む》こう側《がわ》に、未知《みち》の世界《せかい》、ドキドキのみらいが無限《むげん》に広《ひろ》がっている。

これこそが「本《ほん》」だけが持《も》っているパワーです。

学校《がっこう》の朝《あさ》の読書《どくしょ》に、休《やす》み時間《じかん》に、放課後《ほうかご》に……。いつでも、どこでも、すぐに続《つづ》きを読《よ》みたくなるような、魅力《みりょく》に溢《あふ》れる本《ほん》をたくさん揃《そろ》えていきたい。読書《どくしょ》がくれる、心《こころ》がきらきらしたり胸《むね》がきゅんとする瞬間《しゅんかん》を体験《たいけん》してほしい、楽《たの》しんでほしい。みらいの日本《にほん》、そして世界《せかい》を担《にな》うみなさんが、やがて大人《おとな》になった時《とき》、「読書《どくしょ》の魅力《みりょく》を初《はじ》めて知《し》った本《ほん》」「自分《じぶん》のおこづかいで初《はじ》めて買《か》った一冊《いっさつ》」と思《おも》い出《だ》してくれるような作品《さくひん》を一所懸命《いっしょけんめい》、大切《たいせつ》に創《つく》っていきたい。

そんないっぱいの想《おも》いを込《こ》めながら、作家《さっか》の先生方《せんせいがた》と一緒《いっしょ》に、私《わたし》たちは素敵《すてき》な本作《ほんづく》りを続《つづ》けていきます。「みらい文庫《ぶんこ》」は、無限《むげん》の宇宙《うちゅう》に浮《う》かぶ星《ほし》のように、夢《ゆめ》をたたえ輝《かがや》きながら、次々《つぎつぎ》と新《あたら》しく生《う》まれ続《つづ》けます。

本《ほん》を持《も》つ、その手《て》の中《なか》に、ドキドキするみらい――。

本《ほん》の宇宙《うちゅう》から、自分《じぶん》だけの健《すこ》やかな空想力《くうそうりょく》を育《そだ》て、〝みらいの星《ほし》〟をたくさん見《み》つけてください。

そして、大切《たいせつ》なこと、大切《たいせつ》な人《ひと》をきちんと守《まも》る、強《つよ》くて、やさしい大人《おとな》になってくれることを心《こころ》から願《ねが》っています。

2011年《ねん》　春《はる》

集英社《しゅうえいしゃ》みらい文庫《ぶんこ》編集部《へんしゅうぶ》